朱永宁 / 著

宁波古桥桥联

宁波出版社

图书在版编目(CIP)数据

宁波古桥桥联 / 朱永宁著 . -- 宁波：宁波出版社，2022.7

ISBN 978-7-5526-4568-2

Ⅰ. ①宁… Ⅱ. ①朱… Ⅲ. ①对联—作品集—中国 Ⅳ. ① I269

中国版本图书馆 CIP 数据核字（2022）第 069785 号

宁波古桥桥联
NINGBO GUQIAO QIAOLIAN

朱永宁　著

出版发行	宁波出版社
地址邮编	宁波市甬江大道 1 号宁波书城 8 号楼 6 楼　315040
责任编辑	邬力久
责任校对	虞姬颖
装帧设计	金字斋
印　　刷	宁波白云印刷有限公司
开　　本	787mm×1092mm 1/16
印　　张	12
字　　数	230 千
版　　次	2022 年 7 月第 1 版
印　　次	2022 年 7 月第 1 次印刷
标准书号	ISBN 978-7-5526-4568-2
定　　价	108.00 元

如发现缺页或倒装，影响阅读，请与印刷厂联系，电话：0574-87327496
（版权所有　翻印必究）

谨以此书献给中国科学院大学宁波华美医院徐建芬医生。在她的悉心治疗下,我的生命得以延长,才最终完成此书稿。

朱永宁

作者说明

　　本书所录的桥联，都是多年来访桥过程中在实地录得。桥已不存而仅见于资料所载的桥联不录。

　　本书所录桥联可分为两类。一类是联字完整或稍有缺损但不补字也能读出联意的；一类是联字有缺损的。有缺损的又可分为两种，一种是联柱完好但被岸石砌遮或下部被水浸没，今后仍有可能看到联字的；一种是风化严重或石面被毁，联字已永久缺失的。本书将联字有缺损的桥联也录入，既是忠实记录，也可供喜好者作补联趣玩。

　　目录中，桥的前后次序按照旧时的属地鄞县、奉化、慈溪、镇海、余姚排列，主要是考虑地域特征，桥联还会涉及水系和地理环境。

　　本书除了对每座桥的桥址、桥型、现状、建造年代等有简单的交代，为更好地反映宁波桥联的多样性，对桥联实物的形式，如刻联的位置、联柱的雕饰、现状、字体、刻法及缺损情况等细节都会尽可能地做一些说明。书中所录的每一座桥都配有全貌和桥联石的细节照片。

　　本书以记录桥联实物为主要目的。桥联的文字按照实物所见录，并用仿宋体与正文字体加以区别。至于对联意的解读，仅供参考。

目 录

桥联漫话	1
湖心西桥	17
高　桥	19
上升永济桥	22
汇水桥	25
甬水桥	27
启文桥	30
洞　桥	32
惠明桥	34
光溪桥	37
悬慈桥	39
五港桥	43
大宾桥	46
秋成桥	48
寺　桥	50
永安桥	52
皎碶桥	54
大涵山桥	58
盛店桥	61
张斌桥	62
高塘桥	64
聚源桥	66
文德桥	68

五龙桥	70
西梁桥	71
居敬桥	73
灞　桥	76
方　桥	79
永丰桥	81
太平桥	84
蟹蛏桥	86
觐祖桥	89
福寿桥	91
胡家洞桥	93
福泉桥	96
竹山桥	98
三眼桥	100
狮子桥	102
卧床桥	104
横经桥	106
唐荔桥	107
怀德桥	109
三径桥	111
永安桥	113
永兴桥	115
南洪桥	117
新启闸桥	119
永镇桥	121
西卫桥	123
倪家堰桥	125
爱登桥	127
妙胜寺桥	129
半练桥	131
憩　桥	133
万安桥	135
聚兴桥	137

海沙路闸桥	139
镇宅南安桥	140
达蓬桥	142
西桥头	144
永新桥	146
仁美桥	148
永济桥	150
义成碶桥	152
五马桥	155
通济桥	158
季卫桥	161
武胜桥	164
六浦桥	166
景嘉桥	168
白云桥	170
大方桥	172
七星桥	174
双邑桥	176
万安桥	178
太平桥	180

我辨桥联 ················ 182

桥联漫话

　　桥联是刻在桥梁上的对联，它是对联的一种。桥联源于对联而又不完全等同于对联，它是对联的一种特殊存在形式。桥联多见于江南古桥，是江南桥文化的一部分。

　　对联，又称楹联，因为它多被题写或挂贴在楹柱上。一般都认为对联始于桃符。古代，人们相信桃木有压邪驱鬼的作用，所以会用两块画着门神或写着门神名字的桃木挂于门首来避邪，"总把旧桃换新符"，可见每年除夕人们会换上新的桃符。后来，有人在桃木上写联语，称为春联。最早的一副春联，是后蜀孟昶的"新年纳余庆，嘉节号长春"。因为他不满意学士幸寅逊为寝门桃符板所题的词，于是，亲题了这副联句。此事见于《宋史》："又每岁除日，命翰林为词题桃符，正旦置寝门左右。末年，学士幸寅逊撰词，昶以其非工，自命笔题云：'新年纳余庆，嘉节号长春。'昶以其年正月降王师，即命吕余庆知成都府，而'长春'乃太祖诞圣节名也"（《宋史·志第十九·五行四》）。清代梁章钜《楹联丛话》开卷即："尝闻纪文达师言：楹帖始于桃符，蜀孟昶'余庆''长春'一联最古。"《楹联丛话》是我国最早也是最著名的述评楹联的专著，梁章钜虽然这么说，但对于"最古"，其实他自己也有质疑，因此，在这节的最后，他加了一句"但未知其前尚有可考否耳"。现在也有说法，称对联应该早在唐代已经出现了。

　　对联经过宋、元、明的发展，特别是明代朱元璋建都南京后，亲自推动春联的普及。《楹联丛话》引《簪云楼杂说》云："春联之设，自明孝陵昉也。时太祖都金陵，于除夕忽传旨：'公卿士庶家，门上须加春联一副。'"清代，对联发展进入鼎盛时期，从帝王到公卿都热衷于写联，遇到庆典时，皇帝还会诏令大臣创作楹联，称"应制联"。

　　到后来，对联涉及的主题几乎无所不包，除了春联，遇红白喜事有贺联、寿联、挽联，还有格言联、杂趣联、切名联、题赠联等等。庙祀胜迹有联，衙署廨宇有联，亭台楼阁有联，厅堂书斋有联，不一而足，当然也包括桥联。

　　桥联出现的时间，大约在明后期。它最早只出现在石拱桥上，刻于石拱桥的联柱石上面。联柱石原本不叫这个名，它是石拱桥拱结构中的一个构件，叫间壁柱。它与长系石配合,组成一个与桥体同宽的石框,框中插嵌长条石,使之成为一道石壁,叫间壁。用这道间壁在拱券与拱券、拱券与桥台之间进行间隔,既可以提高拱券的稳定性,又可以对桥墙石起到关锁作用,防止桥墙石外凸和脱落。不过,间壁的形式在后期有所改变,它已不是一道壁,而只是一个框,其作用也以关锁桥墙石为主。间壁一般出现在江南地区的单孔陡拱石拱桥或薄墩联拱石拱桥上,所以,联柱石原先是结构件而非装饰件,是间壁的露面。江南河网密布,水上交通发达,后人看到这外露于桥墙的间壁柱,左右对称,犹如房屋建筑中的楹柱,在它的上面非常适合镌刻楹联。于是,就有人将对联刻于其上,供船上之人过桥时赏读。对联的内容都与桥有关,慢慢成了一种固定模式,间壁柱也被叫成联柱石,而最初起结构作用的本名,却鲜有人再提及。

间壁的设置跟石拱桥的砌筑方式有关。我国现存年代最久的石拱桥,如河北的赵州桥、河南的小商桥,都始建于隋朝,拱券采用的是并列砌置。南方年代较早的,如江西的观音桥,也是并列砌置。这种方式主要是依靠增加券石的厚度使拱券的强度提高而获得稳定。宁波早期的石拱桥,现存最早的始建于南宋,拱券采用的是条石纵联砌置,这种方式成拱时一般均会采取尖拱措施,使券石相互挤紧成为一个整

奉化居敬桥

杭州拱宸桥

体。采用纵联砌置的石拱桥，成拱后的拱券变形少，对桥墙的影响也小，所以拱上可以不设置间壁。

江南的浙北苏南地区，古桥数量多，现存最早的也是建于宋，拱券采用的是分节并列砌置。分节并列砌置与纵联砌置的最大不同在于，纵联砌置成拱时依靠挤，它却是依靠压。它的每块券板两头有榫头和卯槽，成拱时抬高券石使龙口分开，落榫后，龙口合拢，再进行压拱。显然，用这种方式砌置的拱券，它的硬度及抗变形性都不及上两种。所以，它对于施工的要求也就更高，必须要有相应的工和料给予保证，必要时，还要增加间壁使其减少变形。宋代工匠的技术已经达到炉火纯青的地步，这一地区又有建桥佳材——武康石，既能满足硬度要求又适宜精工细雕。现存的湖州寿昌桥、杭州忠义桥等，就是采用分节并列砌置的结构，都用武康石砌筑，石缝之紧密，可以用极致来形容。后来，随着造桥用料需求的增加，武康石的石源不断萎缩，元明之间始用太湖青石替代武康石。至明中期，从苏州金山石成为建桥石材起，间壁就成为石拱桥的必配，这与拱券砌置方式的变化有关。金山石是花岗岩，质地硬不易细琢，但其抗压强度要高得多。利用它这一优点，在之前分节并列砌置的每相邻两节券板之间，增加一整根与桥宽相等的长石，叫龙筋，以提高拱券的整体性，于是，将分节并列砌置变成了纵联分节并列砌置。明之后的石拱桥，大多采用这种砌置方式。结构形式改进了，而它对石作的要求反而没有之前高了，再加上它的拱券本来就是柔性的，所以，用这种方式砌置的拱券，稳定性不及前几种，间壁几乎成了必不可少的配置。

湖州的寿昌桥，建于南宋咸淳间(1265—1274)，单孔石拱桥，拱券采用分节并列砌置，净跨17.20米。整桥采用清一色的武康石砌筑，设有一道间壁，间壁柱素面。灭渡桥位于苏州城东南隅的葑门外，跨京杭古运河，单孔石拱桥，分节并列砌置，净跨19.30米。始建于元大德二年(1298)，明正统间苏州知府况钟重修，清同治间再修。全桥石色夹杂，有初建时的武康石，有重修时添补的太湖青石，有再修时添补的金山石。桥两头各有两道间壁，近岸一道间壁柱是武康石，靠拱券一道是金山石，两道间壁柱上都没有桥联。上海的普济桥、杭州的忠义桥、湖州的源洪桥也都建于南宋，一样的桥型，都是整桥采用武康石，跨径较小，都没有设间壁。

后蜀孟昶题桃符被后人认为是最早的春联，因为它载入了正史。而桥联出现的时间就没有像春联那样确定了。历代地方志对桥梁的记载，主要是方位，有的甚至仅录桥名，如果记载有建造年代，已经算详细了，一般不会记载它的桥型，更不会有间壁、桥联这种细节。文人的碑记中也不会提及桥联，所以，桥联出现的时间只能揣测出一个大概。明中期以后，间壁被广泛地应用于石拱桥，而对联作为一种文化形式，当时已进入社会的日常生活，在间壁柱上刻桥联是迟早的事。

石拱桥上刻联以后，石梁桥也争相模仿，毕竟，石梁桥的数量要远多于石拱桥。浙北苏南地区的石梁桥有一个显著的特点，即它的桥墩是由两到三根石柱并排竖立而成的石壁墩，墩石厚约0.30米。它的桥台也是同样做法，桥台前挡其实也是石壁墩，然后在它的后面两边砌筑侧墙。单孔石梁桥的桥台做法也与多孔相同。这样，石梁桥上同样有刻联所必需的纵长石面，当新建重建的石拱桥间壁柱上纷纷刻上桥联后，在石梁桥墩石柱的外侧面也开始镌刻桥联。也许有人疑问，石梁桥出现桥联的时间为什么一定比石拱桥晚，说不定是石拱桥效仿石梁桥的呢？浙北苏南地区的石梁桥，它的形式，自宋以来一直没有变化，只是建桥用材不同而已。早期用武康石建造的石梁桥，墩柱上的承梁石端面雕刻有非常漂亮的花卉图案，是其一大特色，但是，它的墩柱外侧多为素面倒角，无任何雕饰。重修时墩石有过替换的石梁桥，武康石和金山石夹杂，也没有桥联。只有在墩石全部采用金山石重修或新建的石梁桥上，才刻有桥联。金山石的硬度大于武康石，用它作墩石，厚度会稍薄于武康石。浙北苏南地区的桥联基本都是阳刻，在墩石侧面四周雕饰出凸框之后再刻联字。用金山石作墩石，能用于刻联的石面宽度其实是略感不足的，所以，石梁桥的桥联的出现时间一定比石拱桥的晚。

江南地区到清代中期，桥上刻联已蔚然成风，因而，民国时期小说家张恨水在《湖山怀旧录》中写道："吴越间问道，既分又四达，而野渡平桥亦比比皆是。板桥多于平岸间巍然高拱，下通一孔，孔洞然如城门。嵌石联于两边，联语多偏重农事，或嵌乡名于内，佳者殊少。然此事已成定例，又无桥不联也。"

宁波的桥联最早出现在何时，与前面说的一样，已经很难考证。宁波现存采用纵联分节并列砌置的石拱桥，全部都是清朝以后重修或重建，如今已不能知道重修之前的柱上是否有桥联。但是，至迟在明代，桥联就已经在宁波出现了。

第一次鸦片战争结束，宁波成了"五口通商"城市之一，开埠以后，旅甬洋人不绝。从十九世纪后期始，这些旅甬洋人在宁波拍了许多反映当时社会风情和建筑题材的照片，这其中就有桥的照片。从这些保存下来的照片，能看到许多石拱桥的桥墙上存在联柱石，如宁波城内的水月桥，城外的大卿桥、盛店桥，余姚的黄山桥，奉化的方桥，慈城城内的骢马桥，城外的夹田桥、三板桥、太平桥，等等。这些桥如今都已不存。其中，夹田桥的建成年代明确，为宋皇祐二年（1050），由当时慈溪县县令林肇始建。老照片拍的是明天启四年（1624）重建的单孔石拱桥，体量超过号称"甲于一郡"的宁波高桥。《光绪慈溪县志》载："桥长廿二丈三尺，高二丈八尺，阔二丈七尺，下为大券，阔倍之，北加纤路五尺，计洞门共阔五丈五尺。"从照片上可以清楚地看到，间壁柱上刻有桥联，联句有十五个字。

宁波现存最早的实物桥联不在石拱桥上，而是在石梁桥上，大涵山桥的桥联是

湖州德清僧家桥　　　　嘉兴桐乡栖凤桥　　　　湖州南浔瑞丰桥

现存最早的桥联。大涵山桥是一座三孔石梁桥，历史悠久，《民国鄞县通志》称其"建于唐"。大涵山桥有许多特别之处。如，此桥是石壁墩，这在宁波非常少见，称："其桥墩，石条直立，与今之横叠者异。"又如，它的桥联刻在桥孔中间的两壁上，岸上是看不见的，只有船过中孔时才能看到它，这种形式不但在宁波是孤例，在浙北苏南一带也绝无仅有。尤其难得的是，它的联柱石旁边有一根元代重建的纪年题刻柱，柱形相仿，石色相同，字也采用双勾线刻，为"大元延祐六年岁在己未良月吉日重建"，考虑到它的承梁石端头刻元代风格的镇水怪兽，联柱石顶部浮雕元代风格的荷叶头，不排除它甚至可能是元代的桥联。现存两侧刻有桥名的实心桥栏是明万历戊戌年（1598）之物，桥额有边款和署名。所以，它的桥联至迟也应该是明代的。

旧时宁波的桥梁数量超过万座，如今十之八九已被拆改。现存桥体上刻有实物桥联的只有七十几座。宁波从唐开元二十六年（738）始设明州后，辖地范围很少变化，明、清时为一府六县。现今市域是在1949年以后，划出定海县，划入余姚县、宁海县而成。之后，市域内的行政区经多次划改，变成现在六区、两市、两县的格局。现存的古桥联多见于北部平原地区，即原来属鄞县、镇海、慈溪、余姚的四县之地，鄞县、镇海为多，慈溪、余姚次之，奉化最少，而宁海、象山两地未访得实物桥联。仍存的这些桥联，联字不全的约有三分之一。有的桥体保存虽好，但联字有缺失。有的桥改建了，桥联倒是保存下来了，但多数改建过的古桥的桥联多是不完整的。现存桥体完好且联字又无缺损的只有三十几座。

桥联依附于桥，因桥而生。宁波古桥最大的特点是形式多样。宁波留存的桥联一般都在平原地区，数量虽然有限，但是，桥联的实物形式同样将古桥多样性的特点体现得淋漓尽致。宁波桥联与江南其他地区相比较，桥联的实物形式如刻联的位置、联板的雕饰、联字的大小及书法、镌刻等等，有明显的地域特征。

宁波石拱桥上的桥联形式与做法，与浙北苏南地区基本相同，绝大多数出现在纵联分节并列砌置的石拱桥上。有些清代新建或重修的纵联砌置的石拱桥上也可见到桥联，如上升永济桥、高桥、皎碶桥、启文桥等。不同的是联字刻法，宁波基本都是阴刻，而浙北苏南则以阳刻为主，这是由建桥石材的质地不同造成的。

宁波石梁桥上的桥联形式，与浙北苏南差别就大了，那是因为石梁桥的墩台砌筑方式完全不一样。宁波多孔石梁桥的桥墩，除极个别外，全是叠石墩，采用厚度为二十多厘米的整块条石层层水平叠砌，桥墩上没有适合镌刻桥联的纵长石面。所以，宁波多孔石梁桥几乎没有桥联，仅有的两三座也是用叠石墩两端包立柱的做法，

慈溪达蓬桥

余姚双邑桥

是专门为了刻桥联而特意做出。宁波单孔石梁桥的桥台,采用条石错缝叠砌,早期的桥条石块形小,这是出于建筑经济性的考虑。但是,这种砌法的桥台,转角的缺陷非常明显,船只过桥洞时,船头经常碰撞桥台的转角造成条石错位,久而久之,条石就会跌落造成桥台坍塌,影响桥梁的寿命。所以,后来在砌置桥台时,出现了在转角处包设立柱的形式,这样,即使受到船只碰撞,整体也会受力,起到保护桥台的作用。于是,转角立柱纵长的石面就成了镌刻桥联的最佳位置。不过,需要说明的是,桥台转角的加强办法有多种,包立柱仅仅是其中之一,这种形式也只出现在部分单孔桥上。而且,它与多孔桥桥墩包立柱不同,多孔桥纯粹是为了刻桥联而设,它则是自身结构的需要,就像石拱桥的间壁也是结构需要一样。因此,并不是所有桥台包立柱的单孔桥都会刻桥联。在桥台转角立柱上刻桥联的做法,集中分布在旧时的鄞县东西乡、镇海北部(甬江以北)和慈溪北部(三北地区)。至于宁波多孔石梁桥的桥台,砌法与单孔桥一样。它的桥台很少采用包立柱,因为船只通过边孔的概率不大,无需加强。即使包设立柱,也是为了设纤道,而不是为了刻联。

转角立柱一般从水线稍下处开始至桥台的承梁石底,高度超过两米的很少,多数在两米以内,如镇海的憩桥,高度只有 1.32 米。在有限的高度内,将桥联雕镌得精美小巧,这也是宁波桥联形式上的一大特点。它的一般做法是,在柱面中间凸雕出一块弧面的联板,高一米多,宽约为 0.20 米,形状犹如挂于楹柱的木质楹联板。柱面可以细琢也可以粗琢,但板面一定要细琢,用石斧斫平,有的甚至会将斫痕磨去做

奉化居敬桥

镇海海沙路闸桥

鄞州聚源桥

慈溪达蓬桥

慈溪狮子桥

慈溪卧床桥

慈溪七星桥

镇海南洪桥

奉化方桥

海曙甬水桥

海曙高桥

海曙大宾桥

光。联板的挂钩形式比较单一。挂钩座的雕饰,形式富有变化,有铺首,有寿桃、灵芝、祥云头等。铺首的兽面变化也很多,一般怒目圆睁,眼珠突出,咧嘴露牙,面目狰狞。也有雕成面目和善的,有的兽角如鹿角状,也有额头刻一个"王"字。联板下的板托,形式也较多,一般做法是在板底的联柱上雕出圆环头的钉子,联板底下雕一个尖垂插入圆环,以固定联板。圆环双个者多、单个者少。联板宽者,会雕两个尖垂。也有不用尖垂,用板托替代,雕饰灵芝、莲花等。联板以下的柱面还会留出一段空白,以便在水位稍高时也能看到全部联字。联字全部采用阴刻。

　　至清中期,宁波桥上镌联也已经形成风气,有些石梁桥在重修的时候,因为没有改变桥台原先的砌筑形式,转角没有包立柱,但是,桥联又不可能横刻,必须要有一个纵长的石面。而这时候,早期的无栏桥在重建时又大多改建为有栏桥,为附风雅,于是,将桥联刻在用于固定栏板的望柱外侧。望柱短小,柱体高度一般不足0.80米,即使是刻一副短联,也要分成两行刻。如余姚的双邑桥,是一座三孔石梁桥,将桥联刻于中间的两根望柱上。这种形式的桥联,几乎已经失去其供作观赏的实际意义,仅仅是为了在桥梁重修的同时刻上一副桥联而已。桥门两边转角立柱上刻的桥联,就算字小一些,往来船只上的人也许仍可辨识,但将桥联刻在望柱外侧,船上的人看不清,桥上的人在内侧行走也看不到,所以,几乎也是白刻。但这种形式,在宁波出现的时间并不迟,如江北的西卫桥、慈溪的太平桥、镇海的永兴桥,都于清道光年间重建。这也从另一角度佐证了宁波桥联在当时普及程度之高。望柱上刻联,一般不会有雕饰，联字直接刻于柱面。

除了以上这几种刻联的位置，其他都只能算是个例，如上面提及的大涵山桥。还有鄞州的西梁桥，是一座单孔石梁桥，桥不高，为了刻桥联，在桥台的两侧桥墙上专门加立联柱石，犹如石拱桥的间壁柱。然而，这样的联柱石位置太低，以致联句后两字因水位变化而长期没于水中不能见。清道光九年（1829）重建的义成碶桥，因碶桥上没有刻联的位置，专门竖了两块石碑，将两副桥联刻于碑的正反面。再有，木梁廊桥的廊屋端头如果用的是石柱子，也会直接将桥联刻在石柱上，犹如路亭的楹联，海曙的洞桥、悬慈桥就是如此。海曙的西洋港桥，是一座三孔石梁桥，桥西堍有一座三楹路亭，面水的楹柱刻联两副，其中一副为："波心月到虹垂影；水面风生浪作堆。"这副亭联分明就是一副桥联，因为桥上无处可刻，故移来亭中。

山区的桥上很少有桥联，如前述桥联起源时所说，桥联本是供乘船往来的人赏读，它产生于平原地区。宁海的梁皇溪桥，位于宁绍至台温的驿道上，多孔石梁桥，无栏无柱，桥上无刻联位置。桥头土地祠中立有助名碑，碑额为"千秋稳镇"，碑边刻两副对联，"莲开花结子；经奉永泰平。""开桥念佛镇此处；闭户读书锦衣归。"虽然联中有"桥"字，但很难称其为桥联。不过，宁波确有在山区桥上刻桥联的，如余姚的白云桥，它位于四明山腹地，桥联无论是形式还是内容，都不逊于平原地区的石拱桥。其上游的大方桥也刻联，两座都是单孔大跨径石拱桥。镇海的太平桥在九龙湖镇横溪村，原属慈溪；慈溪的仁美桥在掌起镇任家溪村，原属镇海。两座都是石梁桥，一座单孔、一座双孔，两桥一东一西，中间隔山，都刻有桥联。白云桥于清光绪十六年（1890）重建，大方桥于光绪三十一年（1905）重建，太平桥于光绪三十三年（1907）重建。仁美桥建造年代不详，桥在道光年间新建的灵龙宫前。

除了上面这种在弧面联板上刻桥联外，刻联的柱面变化也很多。海曙的胡家洞桥，联板之上有挂钩有座，但联板不是弧面木牌状，而是四周用凸起的线条围成一个框。也有直接将联字刻于素面联柱上，无任何雕饰，如海曙区的惠明桥。惠明桥是双孔薄墩石拱桥，只在两孔之间设置了一道间壁，只有一根联柱石，所以，上下联句并列刻在一根联柱石上。鄞州区的张斌桥，原先在东塘河上，是宁波当时建造最考究的石拱桥之一。它的联柱石刻成竖匾状，采用梅园石造，匾框内的上下左右刻八对寿桃，四角刻蝙蝠，特别精致。

即使在同一座桥上，联柱石的雕饰会根据实际需要有所不同。以三孔石拱桥为例，奉化居敬桥是宁波现存最精致的三孔石拱桥，始建于明，现桥为清道光二十三年（1843）重建，有四道间壁。中孔的联柱石刻桥联，联句十一字。边孔未刻桥联而是刻有四次建修年份，如"皇明嘉靖庚子岁鼎建"，均为九字。联柱石均雕饰联板，仅是挂座不同，刻纪年的是灵芝挂座，刻桥联的是铺首衔环。鄞州皎碶桥，古为回江碶石桥,始建于宋熙宁元年(1068),明代改建为三孔石拱桥,清嘉庆六年(1801)重修。四道间壁,刻四副桥联,均为七字联。联柱素面无雕饰,联字直接刻于柱面。边孔因为柱短,联句分成两行刻。海曙五港桥,明天顺八年(1464)始建,清同治八年(1869)重建,民国十年(1921)重修,也是四道间壁。中孔七字联,柱面雕饰联板,板顶有灵芝挂座。边孔柱短,柱面素面不饰联板,刻一副五字联。

宁波现存的桥联,按出现时间的早晚、联字的书法和刻法,有所不同,而且趋势很明显。早期的几座,如大涵山桥一副联有两种刻法,上句阴刻,下句双勾线刻。北仑的永济桥,现桥为清康熙九年(1670)重建,三孔石拱桥,四根间壁柱上所刻一样,为一句"南无阿弥陀佛",采用双勾线刻。余姚的通济桥,建成于清雍正九年(1731),三孔石拱桥,间壁柱上的两副桥联,也是双勾线刻,但是,它的笔画圆润丰满。后来建的桥,联字基本采用阴刻。唯一例外的是盛店桥(残柱现仍存),联字阳刻,清乾隆五十九年(1794)重建。宁波石桥联字的刻法与浙北苏南完全不同,这是由宁波建桥刻联的石质决定,如果也是花岗石的话,用双勾线刻法去刻桥联,其结果就是几乎什么也看不清。早期的这几座,包括随后乾隆年间联字采用阴刻的镇海觐祖桥、奉化方桥(残柱)、鄞州西梁桥等,字体皆为楷书。

书法和石刻,是互为依存、相得益彰的。因为阴刻更能体现书联者的笔韵,所以宁波现存的桥联绝大多数是阴刻,这也是宁波桥联的又一特点。不过,联字同为阴刻,区别也很大。举例来说,镇海的半练桥、江北的福寿桥,都有一副联用隶书书写,笔画粗。联板石面磨平,刻刀近似直入,笔画底部浅且平,只像是剥去了一层石皮。海曙的大宾桥、甬水桥,镇海的南洪桥,用行楷书写,笔画清瘦,刻刀斜入到底,笔画底部尖,深浅随笔画的宽窄而变化。又如奉化的永丰桥,字大笔画粗,刻刀斜入后即转,笔画底部呈弧形。

联字采用阴刻,与宁波建桥用的石材有很大关系。宁波平原三面环山,一面濒海,拥有丰富的石材资源,不乏适宜雕刻的石材,其中梅园石就是非常有名的雕刻佳材。宁波平原地区建桥的石材,用得最多的是小溪石。小溪石产于鄞江镇附近,是火山碎屑岩,层理薄而均匀,色以绛红为多。小溪石中含有颗粒,不像梅园石(火山凝灰岩)那样细腻,但它的硬度要高于梅园石,既可作梁石、栏石用,也适于雕刻。小溪石石源多,容易开采,是从前宁波主要的营建用材。

因为有适宜精雕的石材,刻工就可以根据字体不同、字径大小及笔画粗细,灵活运用不同的刻法,以体现书者之笔韵,这也是花岗石难以企及的。反过来,这又促成了宁波桥联的书法更趋多样化,越到后期,字体变化越多,除了行书和隶书,还出现了用草书、篆书来书写桥联。往往一座桥上的两副桥联,会用两种字体书写。文人乐意撰桥联,也乐意书桥联。如镇海永兴桥的桥联刻于望柱上,柱高0.65米,宽0.33

| 鄞州西梁桥 | 慈溪达蓬桥 | 慈溪卧床桥 | 镇海半练桥 | 鄞州聚源桥 |

海曙五港桥　　鄞州五龙桥　　慈溪狮子桥　　镇海永兴桥

米。联句分成两行刻，字小。两副联都用草书来写，后人很难识读，分明是题书者的自娱自乐。

宁波桥联注重书法，但鲜有书者的落款署名，这是因为有的桥联与桥额原本就是同一人所书。如慈溪市的狮子桥，桥联和桥额都是由戎复初题书，落款和署名在桥额上。又如奉化市的永丰桥，桥联和桥额都是由孙锵题书，落款和署名也在桥额上。桥联无落款署名更主要的原因是受到联柱石尺寸的限制，没有合适的位置。如南塘河上的甬水桥和江北区洪塘街道的福寿桥，虽有落款，但甬水桥的落款刻在联板之外的柱边，字小难辨。福寿桥的落款虽刻于联板之内，位置却在联字的底下，长期没于水中。像这样的落款，要么字小，要么在水下，没有什么实际意义，故绝大多数桥联不刻落款。

桥联有短有长，短的联句只有五六字。一般来说，桥联字数的多少是随桥的大小、联柱石的长短而变化。大桥因为联柱石长，桥联的字数也多。特别是浙北苏南地区，联字阳刻，字大，更是如此。如嘉兴的长虹桥，三孔石拱桥，跨京杭大运河，是京杭大运河入浙江的门户。桥高拱陡，中孔联柱石特别长。清嘉庆二十年（1815）重建，嘉兴知府钟崇严亲自撰写桥联，联句十九字。又如海盐的塔塘桥，是嘉兴现存跨径最大的单孔石拱桥，净跨16米，两头各有两道间壁，四副桥联，其中一副联句各二十二字，另一副各二十四字。

宁波的桥联因为石材不同，联字的刻法不同，最长的桥联并不出现在体量最大的石拱桥上。出现这种现象，是宁波石拱桥与石梁桥在桥联形式上相互影响的结果。早期石拱桥的桥联，联字均为正书，字较大。受其影响，早期石梁桥上的桥联也如此，如大涵山桥和重修于乾隆四十六年（1781）的西梁桥。后来，石梁桥的桥台转角立柱刻桥联，柱短，联板越雕越精致，字相对要小得多，这反过来又影响了石拱桥。所以，大多数后期石拱桥的联字，字明显比早期要小。如宁波现存石拱桥上字数最多的联句是十二字，分别是甬水桥和福泉桥，桥体都不大。尤其是福泉桥，光绪七年（1881）重建，净跨只有6.15米，体量小，联柱石高仅2米左右，朝北的一副联有十二字。宁波的长联出现在石梁桥上。蟹蛑桥是单孔石梁桥，桥孔设纤道，桥台转角柱上刻桥联，其中一副联的联句为十七字，分两行刻。义成碶桥是一座碶桥，为了刻桥联，专门立了两块石碑，其中一副联的联句有二十字。宁波最长的桥联在溪桥上。镇海区的太平桥，桥在横溪村外的半道上，建于清光绪三十三年（1907）。横溪村位于秦代徐福东渡日本的出发点达蓬山下，桥下之溪不能行舟。桥台的边柱贴着溪岸，高1.60米，侧面宽仅0.30米，上面却刻着二十一字的长联。

桥联不同于胜迹联，胜迹联撰联的对象是名胜，联句也是优中取优，有些还出自名家之手，故有画龙点睛的艺术效果，往往被广为流传。撰桥联者主观上肯定也想撰出佳联,但因为撰联的对象是桥,有其局限性。桥联的字又不宜过多,因此,内容大多是桥的地理位置,桥下水之源流,赞誉新桥之美,歌颂建桥功德等。虽"无桥不联",然"佳者殊少"(张恨水语)。梁章钜的《楹联丛话》,包括后来的《楹联续话》《楹联三话》《楹联四话》,收录楹联无数,但基本没有桥联,仅录:"金陵淮清桥桥门,有集刘梦得、韦端己句云:'淮水东边旧时月,金陵渡口去来潮。'桥门之联,当以此为最工。"淮清桥在南京,因古青溪和秦淮河在这里汇流而得名,始建于南朝,名淮青桥,后称淮清桥。正续《楹联丛话》,都是在道光年间所集,这一时期,桥上刻联已极为普及,梁章钜不是不录,而是在他眼中,好的桥联数量甚少,不然,就不会说"当以此为最工"了。

"佳者殊少",不等于没有,只是与其他对联比起来,桥联中的佳联比例小而已。《白化文文集》中有这样一段,"梁章钜《楹联续话》卷二有云:杭州城外之半山,桃花最盛。花时游船糜集。秋后红叶亦极可观。旁有小桥,桥门一联云:'欲泛仙槎向何处;偶传红叶到人间。'皆桥门联之极超脱者"。一座小桥之联,可撰得如此超脱,可见桥联也有神来之笔。

宁波也有佳联,如余姚的通济桥,跨姚江,挑双城,其东面一联为:"千里遥吞沧海月;万年独砥大江流。"大气磅礴。小桥佳句,如鄞州的文德桥,嵌桥所在地名"虎啸周"于联中,撰成:"鹤鸣桥畔潮初涨;虎啸洲中风忽生。"又如,江北的福寿桥,有一联:"吴社北飞虹影远;汉塘东送马蹄轻。"暗扣洪塘地名,又有似画意境。

鄞东的大嵩桥,在从前的大嵩所城外,跨大嵩江。民国十二年(1923)建成五孔石拱桥,有间壁柱六对,1974年改建为公路桥。今有三副桥联流传,联为"连城气白,满郭光青,弦横千户所边月;橘柚烟寒,梧桐秋老,渴饮九峰山外虹。""风雪晚归人,得句多从驴子背;夕阳斜渡鸟,余音长在布帆间。"联中"渡"也有录为"度"的。"年来治乱如何,康节再生,休怪杜鹃啼到;海畔云山伟甚,子房谁是,岂无老父相逢。"此三联俱佳,据传,前两联为杨翰芳所撰。杨翰芳,字蕤荫,号霁园,瞻岐人,学问书艺俱精,人称"霁园先生"。

现所见录有宁波古桥桥联的书,多有差池。余姚的最良桥,古称战场桥,历史上曾更名为转粮桥,民国四年(1915)重建三孔石拱桥,2007年拆除。《余姚古桥》录桥联四副:"溪水纳群流大江东去;石窗供远眺爽气西来。""说甚战场有江山雄秀;寻来过客无樵牧宽闲。""北向依然归市众;南行自北入山深。""古昔转粮闻邑乘;到今行李便与梁。"第三联下句的"北",别书录为"此"。第四联下句"与梁",别书录为"于梁",估计都有误,猜测下句应是"到今行旅便舆梁"。更早还见过有将第一联的"溪水"录成"汗水"的,应该是当时"溪"字的通行简写"氵"的排印之误。《余姚古桥》录六浦桥的残联下句为"恩泽遥从北网来",联意不通,联柱石今仍在,"网"乃"阙"之误。录黄竹浦桥联:"竹桥门第依旧;江夏世泽长流。"黄竹浦村是明末清初杰出的思想

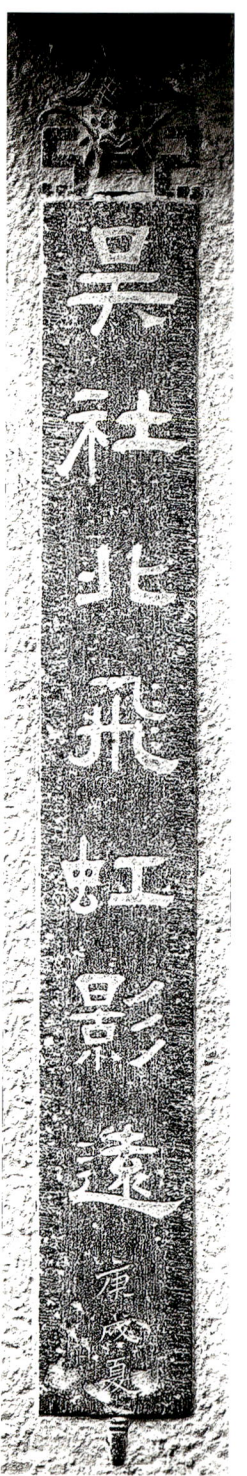

余姚通济桥　　　　　　江北福寿桥

家、史学家黄宗羲的故里，黄竹浦桥是一座石砌墩三孔无栏石梁桥，原桥无刻联的位置，此联横刻于新换的石梁边侧，明显是将黄氏宗祠的门联误作该桥桥联。其他的书也有同样情况，就不一一列举。

西安灞桥有一副名联："诗思问谁寻，风雪一天驴背上；客魂销欲尽，云山万里马蹄前。"系清光绪年间灞桥重建时由陕西巡抚叶伯英所撰，镌于桥头的牌楼柱。2003年的《灞桥区志》将下句的"客魂"录为"容貌"，被广为引用。也系当初录联时，将柱首第一个"客"字误看成了"容"，才会有后面的"魂"跟着误录成"貌"。拱宸桥是杭州名桥，在城北，跨京杭大运河，有联为："迤逦近重城，看半道春红，河塍晚翠；迢遥通一水，数支分苕雪，路入江淮。"《杭州运河桥梁》将"通一水"录为"同一水"，而且将上下联句颠倒。虽仅一字之差，但联意已相去甚远。所以，书载之桥联引用时需多加甄别。

其实，桥联错录不奇怪，因为从某种角度来说，桥联比碑文还要难录，碑字虽小，但可以近前看，还可以运用传拓等手段。桥联只能远看，石面风化剥落、联字缺失很正常，有时还会被树藤遮挡。宁波有很多桥联，联句前面的几字都被石灰所封。这是因为桥联一般都在桥门两边，河宽桥门小，在视线不好的天气状况下或夜间，船只过桥，容易发生碰撞。所以，会在桥门两边刷上一团醒目的厚石灰，使行船者在老远就能看到桥门的位置，但联字却从此难以辨识了。

宁波古桥，今存者十之一二，据志书记载，原先府城内的一百多座古桥，现在几乎全尽。那些消失的古桥原先是否镌有桥联，不得而知。前面提及的老照片上能看到联柱石的石拱桥，也仅仅是冰山一角。所以，从前到底有过多少桥联，如今已无法探究。对于桥联，历来几乎都是忽视的，地方志录桥名、录碑记、录诗咏，极少有录桥联的。民间自发的出于喜好所录，似也不多，现所见甚少。如宁波城西的大卿桥，到1991年才拆除，桥上有联，老照片中被树藤掩遮的联柱石，可见联脚"长虹"两字，但至今未见有摘录的桥联流传。还有如慈溪的夹田桥、太平桥，余姚的黄山桥，都是名桥，都是二十世纪六七十年代才消失，也没有桥联流传下来。现存的桥联，也在不断消失中，特别是那些当年桥梁改建时侥幸留下的残联，随着新一轮的桥梁改建，也将彻底消失。所以，桥联的挖掘和整理，已到了刻不容缓的地步。

桥联对于桥梁建筑来说，只是一种点缀和装饰，但它极大地拓展了古桥的文化内涵。通过品读桥联，不仅可以更好地了解古桥的历史、功能和作用，还可以了解桥的周围环境、水系流向，以及与桥有关的民俗民风等。一副好的桥联，足可让古桥增色添彩。

收入本书的宁波桥联，数量虽不是很多，但它们是江南古桥文化的一部分。而且宁波的桥联形式丰富多变，书法各体皆备，雕刻可圈可点，似有别于他处。

上升永济桥

湖心西桥

湖心西桥在宁波月湖的花屿西南,现有石拱桥是新建的。花屿东南有月湖桥,又称湖心东桥,老桥仍在,为宁波老城区内仅存的石拱古桥。花屿北,隔水相望是柳汀。

唐末,明州刺史黄晟筑罗城,周长二千五百二十七丈。当时围入城内西南厢的还是一片水泽和农田。北宋时,方始利用这片水泽开发成月湖,挖泥堆堤,积土成洲,筑成十洲,成为全城一胜。宋天禧五年(1021),在柳汀东西各建一桥,称憧憧东桥和憧憧西桥,贯通了东西向跨湖的第一条陆路通道。宋《宝庆四明志》载:"憧憧桥,府西南一里,西湖众乐堂之东西桥也。俗呼曰东湖桥、西湖桥。天禧五年僧蕴臻建。转运使陈尧佐立名。嘉祐中守钱君倚修。乾道五年守张津重建,仍建二亭其上,侍御王伯庠记。"元丰七年(1084),又在花屿两头建成湖心东桥和湖心西桥,成为贯穿东西向跨湖的第二条陆路通道。"湖心石桥,大小二桥,府西南一里半,元丰七年建。"柳汀东西的憧憧东桥和憧憧西桥,明代时改名为尚书桥和陆殿桥。

月湖桥拱券采用条石纵联砌置,这是宁波早期石拱桥的砌置形式,而且,它最后一次重修是在清乾隆四十六年(1781),所以,桥墙上没有联柱石。湖心西桥,清道光十九年(1839)知县舒恭受重建,时间比较晚,有联柱石。当年,花屿曾用作宁波市市政管理处,为方便出入,将拱桥拆改成了平桥。改建时保留了桥台的下部,并将断碎的联柱石砌于水线之下的桥墙中。月湖景区建设时,又利用原来的桥台新建成现在所见的石拱桥。

现存三个半根联柱,都是原柱的下半部。联板凸起于联柱,板面平。联字之下雕刻莲花座,缺失的上部应该有荷叶头。联字行书,阴刻。现每根存六字,其中一根的第一字之上还有残字笔画可见,根据联柱石的长宽比例推想,原先应该是八言或十言联。虽然仅存一半联字,但联意基本清楚,是围绕花屿、柳汀四座古桥来撰。

南联为:

□□□□,□□□□;

□□四橋,風追北宋。

北联为:

□□東望,隔水憧憧;

□□西連,飛橋隱隱。

宁波平原水网密布。宁波老城从前是一座水城,被誉为"家映修渠,人酌清泚"。老城内的桥奇多,不乏桥联,如现存的水月桥,在清代时拍摄的老照片上就能看到其刻有桥联。如今老城内的古桥基本已消失殆尽,月湖西桥这十八个联字是宁波老城内仅存的联字。

2017年5月30日摄

高 桥

高桥是宁波名桥，位于西塘河与大西坝河的交汇处，距离旧时的府治十公里，现所在的村、镇皆以此桥命名。高桥是宁波古代西向交通的咽喉之地，古有景安铺。古代从宁波去省城、京城，都必须经过这里。陆路官道沿着西塘河的北岸自东而来，过此桥后继续向西。水路则从桥下拐入大西坝河，出大西坝入姚江，与浙东运河相连。宋建炎三年（1129），宋高宗赵构逃避金兵追击时经过明州（宁波），张俊打败金兵的"高桥大捷"就发生在这里。高桥始建年代无考，宋宝祐四年（1256）重建。跨大拱高，旧时登桥可望见宁波的城廓。清代徐兆昺在《四明谈助》中称："其桥甲于一郡。舟至此，通西坝，达大江，为南北往来孔道。"西坝也称大西坝、西渡，大江即姚江。现桥为清光绪八年（1882）重修。

以前，宁波官员的升迁、调任和学子参加省试、京试都得经过此地，高桥的桥额未刻桥名。北面刻"指日高升"，这是给来任的官员看的，意思是到宁波为官一任，其后必将高升。南面刻"文星高照"，则是给赴京赶考的学子看的。

南边联柱上有一副专门为赶考学子而撰写的桥联：

巨浪長風，想見羣公得意；

方壺員嶠，都從此處問津。

上句"群公"，是指学子，赶考的学子当然不止一人。"得意"，称心如意，满意。古代读书人认为人生得意之事，莫过于金榜题名。唐代孟郊《登科后》诗："春风得意马蹄疾，一日看尽长安花。"就是写他登科之后的心情，即便是一日之内骑马看尽长安城内所有的花，也比不上怒放之心花。宋代洪迈《容斋随笔》中的"洞房花烛夜，金榜题名时"之句，将金榜题名称作人生第一得意之事，一直被后人引用。

下句"方壶员峤"，是仙山名。岱舆、员峤、方壶、瀛洲、蓬莱是五座传说中的海上神山，这里用了其中的两座。《列子·汤问》："渤海

之东不知几亿万里,有大壑焉,实惟无底之谷,其下无底,名曰归墟。八纮九野之水,天汉之流,莫不注之,而无增无减焉。其中有五山焉:一曰岱舆,二曰员峤,三曰方壶,四曰瀛洲,五曰蓬莱。其山高下周旋三万里,其顶平处九千里。山之中间相去七万里,以为邻居焉。"后来,岱舆、员峤两山飘离而去不知所终,只剩下蓬莱、方丈(壶)、瀛洲,就是"蓬莱三山",即常指的仙境。联中只用了方壶、员峤两座仙山的名称,显然不是专指,而是对仙山的统称,是取"方""员"两字来对上句中的"巨""长",此处"员"通作"圆"。"方壶员峤"常被用于对联中,北京北海前门外的金鳌玉栋桥是一座宫苑名桥,它有一副很有名的桥联:"玉宇琼楼天上下,方壶员峤水中央。"也将"方壶员峤"用于联中。"问津"是寻问渡口,津即渡口。《论语·微子》:"长沮、桀溺耦而耕。孔子过之,使子路问津焉。"高桥这副桥联的意思是,仙山在遥远的海中,怎样才能过去呢?你只要从这里(高桥)出发,就一定可以到达。途中的长风巨浪其实并不是想阻止你,而是希望看见你如愿登上仙山。此联用登上仙山比喻登科来激励学子。

　　学子经过此桥,由大西坝入姚江,然后越过曹娥江、钱塘江,经京杭大运河直至京城,沿途江河开阔处,风催浪生,颠簸劳苦在所难免,而开科应试之日是万万不可耽误的,十年寒窗不就为此一旦?自宋以来,宁波一地,京试高中的进士,数以百千计,其中也不乏状元。鄞县、奉化籍的学子,进京赴考,几乎都从这里经过,抬头见到桥洞之上高悬的"文星高照"桥额,再品读两旁的桥联,想必都会满怀憧憬。

2014年11月18日摄

南宋鄞县人陈著,寄籍奉化,宋宝祐四年(1256)进士,曾在赶考途中经过此地,作《入京到西渡》诗:"昨宵北渡今西渡,系是离家第二宵。诗伴风流勤犯驿,櫂郎醉饱健迎潮。丈亭浦上邻州接,笔架峰迷故里遥。得意归来期可数,榴花如火照高标。"作者在赴考离家的第二天,就已经屈指计算归期了,相信等到石榴花盛开的时候,自己一定能得中高榜、得意而归。诗中充满了作者热切的期待与无比的自信。当然,他的诗兴不可能是因为读了这副桥联而发,因为当时虽有此桥,却未有此联。

"方壶员峤",《宁波百桥》《宁波老桥》都录为"方壶圆桥",这样,联意就无法解读了。

北侧联柱石上的一副桥联为:

水漲春江,雙桨移來天上;

月明夜渚,一珠点到波心。

这是一副写景联,对仗甚为工整,是写高桥实景。旧时,从高桥到望春桥,在西塘河的南面,与西塘河并行还有一条河道,两河相距很近,有些地方甚至只是隔了一条断断续续的土塘。它是古代广德湖的北界,乡民称它为便船夹塘。广德湖的南界也有夹塘,叫青垫夹塘,以村命名,今仍存。这里的夹塘冠以"便船",是因为南面这条河从前专门供运载肥料的农船走,从城里往乡下运粪便、柴灰的船,罱河泥的船,向城里运送薪柴的船,都得走这条河,以避让官船。两条平行的塘河,到了高桥这里,向西通石塘、歧阳,向南可达集仕港、古林,向北通大西坝。几条河道同在这里交汇,水流需要缓冲,官船要在这里转弯,所以,高桥南侧是一个很大的河湾,犹如湖泊。

此桥联描写河湾夜色。上句写春夜,连续几天的春雨停歇了,盈盈的一湾河水快要漫上河岸,没有一丝风,缓步走上桥顶,朦胧的月光中,水面泛起一片白光,白天繁忙喧嚣的西塘河变得那样安静,只见一只乌黑的竹篷船,泊在对面的夹塘河口,倒映在水中的是那支伸翘在船尾的孤桨。下句写的是秋夜。"渚"是水中的小块陆地,这里是指夹塘。站在桥上远看夹塘,夹塘被一轮皓月照得发亮,像一颗明珠镶在波心。上下两句分别用了一个"移"字和一个"点"字,使静寂之夜顿时有了灵动之感。

两副联,一抒情一写景。高桥是宁波名桥,这两副联也算得上是宁波桥联中的名联。

上升永济桥

上升永济桥在海曙区高桥镇芦港村的半路庵自然村,跨西塘河。单孔石拱桥,桥体高大,净跨 8.22 米。现桥为清光绪九年(1883)重建,是宁波现存完好的石拱桥之一。

桥墙联柱上刻有两副桥联。柱顶长系石端头雕龙首,柱础雕刻特别精致,为鹤鹿及"暗八仙"等图案,为宁波少见。柱面凸雕起联板,石面细平。联板顶上雕刻兽面挂座,口含挂环,联板下饰灵芝板托。联字行楷书写。阴刻,笔画底部浅且平。两副均为八言联。

东联为:

上跨長虹,路通兩岸;
升看朝旭,彩映中流。

西联为:

永古津梁,基安磐石;
濟人功德,惠勝乘輿。

这两副桥联，是赞叹重建后新桥的壮美，歌颂造桥者的功德，看上去没有什么新意，对仗也似欠工整。"长虹"，虹是雨后出现在天空中，受到阳光折射后的水汽所产生的七彩圆弧，多用来喻指桥。"津梁"，津是渡口，津梁即桥。"磐石"，原指扁厚的大石，如战国时期宋玉《高唐赋》："磐石险峻，倾崎崖陨。"这里用来比喻桥之安稳。"乘舆"是古时天子、诸侯乘坐的车，也泛指马车、兵车。这里用的是战国时期郑国子产乘舆济人的典故（见《孟子·离娄下》）。此典故在桥联上用得比较多，在桥梁碑记上尤为多见。战国时期，子产治理郑国，一次出行，经过溱水和洧水的时候，看见百姓不能涉水过河，他就将自己乘坐的车子让给他们，让他们乘着车过河，于是，他的行为受到百姓的称颂。但是，孟子却对此事持批评态度，说子产是"惠而不知为政"。孟子认为造桥原本就是为政者之责，将"乘舆济人"称为仁政，是本末倒置。宁波奉化最有名的大桥，建于宋，有无名氏题诗于桥："鳌头近接东西市，鲸背平分南北程。须信巨川从此济，区区溱洧浪传名。"最后一句也是这个意思。这里也一样，称"惠胜乘舆"，比喻建造此桥的功德，远远胜过郑子产的"乘舆济人"。

　　上升永济桥的这两副联，联意泛泛。倘若将这两副联镌刻于任意一座高拱桥上，也许都能适用。为何如此大桥，桥联却撰得这等平淡，其实也怪不得它，因为这两副联纯粹是为了桥名而撰。这两副桥联可以看成一首藏头诗，将它们每句的首字拆出后组合，即成为桥名。在宁波，桥名有四个字的桥本来就不多，再将四字桥名撰成两

1997 年 5 月 1 日摄

副嵌字联的,仅此一座。

那么,此桥的桥名又有何来历呢?上升永济桥的桥名,则与它所处的位置有关。

古时,西塘河及大西坝河是宁波的水路官道,河上所建之桥都是高大的石拱桥,目前保存完好的仍有四座,它们是高桥、上升永济桥、新桥和望春桥。其中,高桥历史最悠久,桥形

最高大,北宋时已经存在,南宋重建后形成现在的规模。望春桥,建于北宋元符元年(1098),它和高桥分别在古代广德湖的西北角与东北角。新桥,历史相对较短,它建于南宋咸淳年间(1265—1274)。广德湖自北宋政和七年(1117)明州知州楼异废湖为田后,又过了160多年,在高桥和望春桥之间十几里的西塘河上,仍然没有一座跨河的桥梁。新垦的湖田与北面官道大路的联系,仅靠舟渡,极为不便。于是乡人厉氏在望春桥以西四里的地方,新建了一座石拱桥,桥名就取新桥。

上升永济桥的建造年代,比新桥更晚。现存桥额的边款分别有始建和重建的纪年,"大清乾隆丙辰岁(1736)陈尔康建"和"光绪癸未岁(1883)募捐重建"。所以,它是到了清乾隆年间才始建的,桥址介于高桥和新桥之间,从而使湖田与官路的联系更加方便。此桥的桥名,其实与新桥有关,桥名中的"上升"两字即"上新"的谐音。西塘河之水从石塘自西向东入城,上升永济桥在新桥的西面,也就是在新桥的上游,因此,在桥名"新桥"之前,冠一个"上"字,就是上新桥。至于后面的"永济"两字,则是一座庵的名字。造桥之前,这里依靠舟渡过河。河的南北两岸各有一座庵,北庵名"普静",南庵名"永济"。有了桥以后,就再也不需舟渡了,而"永济"这个庵名,恰好有"永远济人涉水"之意,用它来作桥名再合适不过了,于是,桥名就雅取为上升永济桥。此事见于现存桥旁土地祠内的重建碑记。碑记由吏部右侍郎毓庆宫行走张家骧撰文,起首一句即为:"鄞之十五里上升永济桥,又称半路庵桥,因桥之北有庵曰普静,其南有庵曰永济,故桥即以上升永济名也。"如今,两座庵早已遗迹无存,但是,"半路庵"却一直作为桥边村子的名字留存至今。至于桥,也随地名叫它为"半路庵桥",没有人称呼其雅名。因为在它的南面还有一座单孔石梁小桥,村子里的人则以大小区分之,称上升永济桥为"大桥头"。

"永古津梁",《古今高桥》《宁波楹联集》《宁波老桥》都录作为"永固津梁"。

汇水桥

汇水桥在海曙区高桥镇蒲家村的祝家汇自然村。单孔有栏石梁桥，跨村河，民国十八年（1929）建。栏柱采用勾榫连接，是较为典型的晚期石梁桥。桥体保存完好，仅两头落坡的台阶有部分加浇过水泥。祝家汇村数年前已整村拆迁，桥仍留存。

桥台转角两根立柱上刻两副桥联。弧面联板凸出柱面，柱面糙，板面细平。联板顶上雕饰寿桃挂座，双桃连枝，用桃枝作挂钩，钩住联板的挂环。联板底部饰一个尖垂。联字正书。阴刻。

东联为：

東通寧郡兼鎮海，

北達慈水接姚江。

西联为：

源遠雷山從西發，

流長它水自南來。

这两副桥联，紧扣桥名"汇水"，用了东南西北四个方位字，称桥下之河，东可通宁波城再至镇海；北经高桥出大西坝可达慈溪、余姚；西抵横街，以接纳大雷溪之来水；南面经南塘河可溯至鄞江桥（它山堰）。四通八达的水路，都汇于此桥。两副联中含"水"的字也用得特别多，东联有海、水、江三个"水"，且宁郡即宁波，还隐含着一

个"波"字；西联有源、流、水，也是三个，而"雷山"即大雷山，"源远雷山"，指的就是大雷溪，又隐含了一个"溪"字。

这两副联除了对仗工整外，立意不新，没有出彩的地方，既无述景抒情，又没有用典，仅是为了紧扣"汇水"桥名，举出水路四方能到达之所，读来较为平淡。其实，联中所称的东、南、西、北水路，只要是鄞西平原中部的任何一座桥，都可与此副联相对应。

桥名加上这副联，给人以错觉，不熟悉的人会误以为它是一座大桥，至少桥边也得有河流交汇。其实，祝家汇村四周既无宽阔的河道，也无多水交汇。祝家汇村在卖面桥西北两里，位于古代广德湖的湖址内。广德湖湖底浅平，北宋政和七年（1117）废湖为田，整个湖址范围之内的河道都是垦田后形成的，虽纵横密布，但没有特别宽阔的自然河道。祝家汇村民以祝姓为主，清初从山东济南迁居至此地，因为村后有一条汇水沟而得名。所以，桥名与桥联的含义，与实际地貌相去甚远。

2013 年 8 月 26 日摄

甬水桥

甬水桥在宁波老城的南门外，跨南塘河，连通南郊路与周家堰。它是宁波城市周边为数不多的高拱石拱桥之一。单孔，拱券纵联分节并列砌置，净跨7.80米，被称为"城南第一桥"。

"甬"作为宁波地名的别称，早在春秋时期已经出现。甬水桥最早被称为夏家桥，宋《宝庆四明志》载为："夏家桥，县南五里，元符三年建。"明代始称甬水桥，因为宁波的南门旧称甬水门。比较有意思的是，之后甬水门又被改称长春门，而此桥却一直以甬水为名，沿用至今。至于《嘉靖宁波府志》所录的俗名"下驾桥"，有说法称皇帝曾经到过此处，但此说鲜有佐证，极有可能"下驾"乃是"夏家"两字的谐音而已。现桥系清光绪二十五年（1899）重修。

联柱石上刻有两副桥联。联柱石面细平。两对联柱石看上去好像不是同一座桥的，虽然联板顶上都雕铺首，兽面口含挂环，板底也都饰一个尖垂。但南北两对联柱，石色不一。北面一对联板弧形凸起较高，南面较平。联字一为行书，一为楷书。行书清瘦，笔画底部尖。楷书笔画略宽，底部平。皆阴刻。

南联为：

瑞氣徠它山，橫亙南河徵利涉；

嘉名著甬水，高飛東鄮作通津。

上句中的"它山"，即唐代鄞县县令王元暐所筑的它山堰，它被称为我国古代四大水利工程之一，时至今日仍在发挥着作用。它山堰筑于鄞江镇的它山旁边，拦截樟溪，有阻咸蓄淡、泄洪排涝等作用，旧时宁波的城市用水和鄞西农田灌溉都有赖于它。南河就是起自它山堰的南塘河，樟溪水拦入南塘河，经此桥后进入府城。甬水桥南面迎水，气随水来，故称"瑞气"是从它山招徕。"利涉"指顺利渡河，其意思是桥建好了，两岸往来的人就再无阻隔之忧。下句用"甬水"对"它山"，"甬水"如上所说，得名于甬水门。甬水门有水关，《宝庆四明志》载："南曰甬水门，有水门，通漕运。""东鄮"的"鄮"，是鄞县（宁波）古地名专用字。宁波在秦置鄞县，属会稽郡，五代梁开平二年（908），吴越王钱镠为避梁太祖的曾祖茂琳讳，才改名鄞县。这里用了一个鄮的异体字，"贸"字加一偏旁"邑"，就更为少见，仅见如宋代罗泌《路史》中的《国名纪·杂国上》。"通津"是四通八达的津渡，这里代指桥，

与上句"利涉"相对。上下句的"瑞气""嘉名",是将"嘉瑞"两字拆开后分别与"名""气"相配。"嘉瑞"意即祥瑞。"横亘"对"高飞",突出甬水桥凌空高架的气势。因此,此联既点明桥的地理位置,也写桥的形态。

北联的字体与南联全然不同,笔画细瘦。上句前三字被风化,比较模糊。

北联为:

斥長春通津閒,波心輝映;

爲赤水丹山勝,地脈靈鍾。

此联下句用"赤水丹山"来对上句"长春通津"。这副联中"通津"的词义和南联中的"通津"完全不同,若与南联词义相同的话,词性就不对了。这里,"赤水""丹山""长春""通津"都是名词。"长春"和"通津"是两座桥名。长春桥就是正对着南城门长春门的那座,清《咸丰鄞县志》载:"长春桥,长春门外,直接长春街,一名向阳桥。"也就如前面所说,甬水桥因南城门而得名,但是,甬水门改称长春门,它却没有随着改名,仍然称甬水桥。其实,即便它想改也改不了,因为"长春桥"已另

有所指了。通津桥也在南塘河上,它在甬水桥上游的行春碶(石碶)旁边。清康熙《鄞县志》载:"通津桥,尚书张时彻建。"所以,"长春通津"是写甬水桥的位置,介于长春和通津两桥之间,句中的"間",作"间"而不作"闲",否则联意难解。"辉映"是光辉照映,照映的是波心当中的这座甬水桥。

下句是写桥的形胜。南塘河之水,源于四明山。四明山的"赤水丹山"被称为道家第九洞天,道书《丹山图咏》有:"四明丹山赤水天,灵踪圣迹自天然。二百八十峰相接,其间窟宅多神仙。"故称四明山为"胜地"。"灵钟"即"钟灵",谓有灵秀之气汇聚。"地脉"是地的脉络,指甬水桥的地脉与四明山相连,有灵气聚集。"四明"也是宁波的别称,所以,甬水桥又被称为"宁波一胜"。"地脉灵钟"对上句的"波心辉映"。

甬水桥的联柱石的联板外边柱面刻有小字落款,这在宁波桥联中极为少见,因为桥联不像楹联那样能近前辨识,所以一般不署落款。此联上款为"光绪屠维大渊献岁阳月谷旦";下款为"里人王振钰敬撰并书",下钤两枚篆印。"屠维""大渊献"分别是天干"己"和地支"亥"的别称,"光绪屠维大渊献"即光绪己亥。一般对联落款中,撰联者署名在下句的左边,而这副联,署名也在上句,上下款分刻于上句两边。

这两副联,几乎没见过有录全的。北联首字"斥",字浅难辨,往往被录成"介"。南联上句的最后三字,早些年被傍河民居的墙脚砌遮而不能见,南塘老街开发改造时才被挖出。2012年出版的《甬城街巷》将三字补为"凝胜地",《宁波老桥》中补为"成集市",显然都没能补对。

1998 年 8 月 23 日摄

启文桥

启文桥在海曙区段塘街道启文小区内。单孔石拱桥，跨南塘河。净跨 5.61 米，拱券采用条石纵联砌置。启文桥历史悠久，宋《宝庆四明志》载："沈店桥，县南七里，元符三年建。"沈店桥即启文桥，因为其地在宋时为清道乡的沈店村。现桥系清道光二十年（1840）重建。桥下及岸边还残存着一段城市建成后已不多见的纤道。

两副桥联现都不全，因为东头两根联柱石下半部被砌入小区的路面下，只能看见上面几字。被埋联柱的位置其实与小区内道路和河岸并无影响，但愿以后能将它挖出，像甬水桥的联字那样重见天日。

联板凸起于柱面，板面平。联板之上雕刻灵芝挂座，板下饰灵芝板托。联字正书，阴刻。

北联为：

秀彩跨虹甬水爽，

高華映日□□□。

上句中的"甬水"，就是上篇的甬水桥，而非甬水门。启文桥始建时，南塘河尽头的宁波南城门称甬水门。而东北距启文桥两里、与它同时建造的甬水桥当时尚称夏家桥。等到重建启文桥撰此联时，夏家桥已经改称甬水桥，甬水门则改称长春门了。所以，此"甬水"当指甬水桥。

南联为：

清機引□□□□，

大氣遠來雄鎮風。

下句中的"雄镇"也是桥名，而不是市镇。在启文桥西南三里的段塘，有一座桥叫雄镇桥，也跨南塘河。民国《鄞县通志》载："雄镇桥，县西南段塘市，清嘉庆七年（1802）八月重修。"因为雄镇桥在启文桥的上游，按照风水"气随水而走"的说法，"大气远来"是指大气经过雄镇桥而来。

1998年9月6日摄

洞 桥

洞桥在海曙区洞桥镇洞桥村，南北横跨南塘河。南塘河是联系宁波城与四明山区、鄞西南的水上通道，舟来船往相当繁忙，岸边的塘路是鄞江桥到宁波城的陆上主路。塘路从鄞江桥开始，都是在河的北岸，到洞桥以后就折到南岸。所以，不管是走水路还是走陆路，都得从洞桥的桥上桥下经过，它被称为南塘河上"第一桥"。

洞桥为双孔厚墩木梁廊桥，全长26米，桥上有桥屋九楹。墩高近4米，墩面长7米，宽2.9米，迎水筑成分水尖，巨大的桥墩犹如中流砥柱。两头的桥台比桥墩还要大，所以，桥廊两头的桥台上的建筑，形态也由廊转为亭，而且南北两亭有变化，北亭为敞开式，与桥北的路亭隔路相对，南亭围上板壁作店肆，南向筑一道马头封火墙与傍桥的民居分隔。封火墙中间开圆洞门。远望此桥，它犹如水中楼台。洞桥始建于北宋元符元年（1098），旧称"高桥"，历代都曾重修。

因为北亭是敞开式，为防止雨水侵蚀亭柱，外侧四根用石柱。石柱上迎面刻两副楹联。柱面凸雕联板，石面细平。联板顶上刻兽面衔环，底下饰一尖垂。联字行书，细瘦。阴刻，笔画较浅。

中间两柱是一副八言联：

鞏固輿梁，廣通過客；

蒼茫煙水，頻泛來船。

此联是写洞桥的交通作用。上句写桥上"通过客"，下句写桥下"泛来船"，七言分别加一个"广"和"频"成八言，为了突出交通之繁忙。"舆梁"这个词在桥联上经常用到，

它是指可以通车的桥梁。《孟子·离娄下》记有："岁十一月,徒杠成;十二月,舆梁成。"孟子这两句是在评论郑子产"乘舆济人"时说的,他认为徒杠(小桥)、舆梁的修筑是为政者分内的事,故后人谓"徒杠舆梁,王政之首务"。洞桥以东的河面非常宽阔,在秋冬无风的清晨,水面上会弥漫着一层雾气。下句"烟水",指雾霭迷蒙的水面,"苍茫烟水"即"烟水苍茫"。如陆游《东关二首》诗:"烟水苍茫西复东,扁舟又系柳阴中。"

边上两柱是一副七言联:

舟楫频摇波底月,

楼台倒影水中天。

这副联是写洞桥夜景。"波底月"与"水中天"在联中常对,李渔专述楹联的《笠翁对韵》一书,有"豪饮客吞波底月,酣游人醉水中天"之句。"频摇"的"频",则说明即使到了晚上,南塘河上也是往来船只不断。下句用"楼台"比喻洞桥,可以说再贴切不过了。洞桥的桥体有廊有亭,墩台之大,在宁波又是独一无二的。宁波的廊桥,数量虽然不多,但形态各异,如百梁桥,横架鄞江,古人称其为"龙眠蕙水";广济桥架于奉化县江,桥面略呈弧形,古人喻其为"望之若晴虹"。"楼台倒影"多入诗,如唐代高骈《山亭夏日》诗,"绿树阴浓夏日长,楼台倒影入池塘",写日景幽雅。而洞桥这副联将它用来写夜景,水面泛白,楼台暗黑,倒影厚重。

为何要写夜景呢?因为洞桥之夜,一年之中总有一段时间喧嚣繁忙。以前,宁波家家户户夏天睡觉都要躺在席草编成的草席上,鄞县西乡历来有种席草的传统。洞桥北头路亭面前的这块空地是席行埠头,每逢新席上市,宁波城内经营草席的各家席行,就会将收购草席的船只靠满这个埠头。四乡八村的草农,半夜起身,背着一捆捆编织好的草席到这里来卖。天才蒙蒙亮,埠头边已是人头攒动、人声鼎沸,等待验席议价。河中船,岸上人,洞桥一年之中最热闹的时节到了。

2011年1月6日摄

惠明桥

惠明桥位于海曙区洞桥镇洞桥村。东距洞桥一里许，东西向架跨在南塘河北岸的惠明港口。惠明港又称仲夏港或里龙江，唐代筑造它山堰后，它成为南塘河的咽喉。北宋明州知州楼异废广德湖，将南塘河上的兰浦堰南移，南塘河改为如今走向，仲夏港逐渐萧条，沿港村落也不再兴旺。不过，惠明港最终被废弃，也仅是最近几十年的事。惠明桥始建于唐代，是四明山区通向明州（宁波）的水陆通道第一桥。此桥历史上曾经移过址。现桥是明正统四年（1439）移回旧址重建的，桥堍现存的《正统五年重建碑记》，由宁波知府郑瑴立石。清同治七年（1868）桥重修。

惠明桥为双孔薄墩联拱石桥，两个拱券等跨，单孔净跨8.30米。一根长系石穿过两拱之间的桥腹，伸出桥墙两头，南端刻成龙首，北端方首不加雕琢。柱础也是南有莲花座雕饰，北头素面仅下角抹圆。

联柱石上面刻有两副桥联，因为只有两根联柱石，所以一根联柱刻一副桥联，上下句并刻，这种形式极为稀少。联柱石素面无雕饰。联字完整无缺，正书，阴刻。

南联为：

惠澤周流，交注雙湖日月；
明山縣亘，遠通三郡輪蹄。

这是一副嵌字联，将桥名"惠明"两字拆开，嵌于两句的句首。上句"双湖日月"即现今宁波老城区中心的月湖和业已湮没的日湖。古代南塘河水从甬水门的水门进城，向左注入月湖，向右注入日湖（此日湖在今解放南路延庆寺附近，不是如今江北区用姚江故道改建的日湖）。人类生存离不开水，古人择水而居，而城市是人口聚集之地，所以，我国的城市大多临江河。宁波也一样，府城位于奉化江和余姚江的两江交汇处，城池一半被两江所围，即东南的奉

化江和西北的余姚江。但是，宁波近海，潮水沿江上溯，江水咸卤不能饮用，城内赖以生存的河网淡水得靠西南四明山的源水远途补充，南塘河是输水入城的主要渠道。宋代魏岘在《四明它山水利备览》中提到："日、月两湖，皆源于四明山，自它山入于南门，潴为二湖，……时有旱而引它山之水入月湖，以济一城之所用……今城中十万户日用饮食，可不知所自乎？"惠明桥是南塘河的咽喉，因此才有港名惠明，桥名惠明，取名"惠明"，其本意就是"惠泽明州"。

下句"明山绵亘"指连绵不断的四明山。"明山"即四明山。"绵亘"意为延伸，连续不绝，如扬雄《蜀都赋》："东有巴、賨，绵亘百濮。""三郡"指宁波、绍兴、台州三府。"轮蹄"代指车马。如韩愈《南内朝贺归呈同官》有："绿槐十二街，涣散驰轮蹄。"此联上句是写桥下的水要一直流到城内日、月两湖，惠及一城百姓；下句是写此桥的陆路功用，西可通绍兴，南可达台州。

北联为：

仍舊址，建新梁，七鄉利赖；

導行春，通仲夏，兩派滙流。

2009年1月18日摄

上句"仍旧址,建新梁",即是指明正统五年(1440)移回旧址的那次重建。"七乡",旧时鄞县的属地以奉化江为界,分为东西两块,两块面积大致相当。旧时东西各有七乡,宁波人分别称为"东乡""西乡"。西七乡是指城外的清道、光同、桃源、通远、句章五乡及府城内的武康、东安两乡。"利赖"即赖利,意为西七乡因它受益。

下句的"行春",即行春碶,今称石碶。行春碶是它山堰水利工程的配套设施,是南塘河最早的三碶(乌金、积渎、行春)之一。"仲夏"即仲夏港。此联是写南塘河之水,从它山堰而来,到惠明桥边一分为二,一支从桥边经过,沿途经过三碶,抵南郊后从甬水门的水门入城;一支从桥下注流仲夏港,曲折迤逦汇合西塘河之水后,从望京门的水门入城。"派",江河的支流,如郭璞《江赋》中有:"源二分于岷崃,流九派乎浔阳。"此联是写南塘河之水从惠明桥分为两支,最后都流入城中,惠泽府城内和西七乡的百姓。

两副桥联,点出了惠明港、惠明桥对宁波所具有的特殊意义。

光溪桥

光溪桥在海曙区鄞江镇光溪村,又名许家桥。光溪村隶属鄞江镇,地处鄞西平原与四明山区的交界处。桥在光溪自然村的许家桥弄南端,架跨于光溪北边的近岸一侧。单孔石拱桥,净跨 11.84 米,是宁波现存跨径较大的单孔石拱桥之一。光溪桥始建于明嘉靖三年(1524),它是同一年建造的官池塘的连贯性建筑。官池塘所在的这段光溪的水面,特别宽阔,桥南堍筑有一条弯曲的石堤连接南岸。平时,水从光溪桥下流经,洪水来时,水漫过石堤后落入官池塘,从而使官池塘尾部的洪水湾可免受洪水直接冲击。官池塘石堤在水泥交通桥建成后被拆除,光溪桥留存。现桥为清光绪二十八年(1902)重建。匾式桥额嵌于拱券之上,东为"光溪桥",西为"四明首镇"。

联柱石刻两副桥联。柱面无任何雕饰。字阴刻,笔画底部平且浅。西面一联的联柱石下部被石堤砌遮,所以缺了上句的下半部。东面一联的联柱石上部被傍桥所建的民居遮掩,缺了上句的上半部。因为两副联的字数相等,节奏相同,现所能见的如《鄞州交通志》《堇风甬水》《甬水遗韵》《宁波老桥》等书,都是将两副联的下句含糊地合成一副联进行介绍。

西联为:

甓石駕龍門,□□□□□□;

環溪分月影,長涵蕙水文瀾。

"龙门""月影"都是形容光溪桥。"蕙水"即鄞江,鄞江别称蕙江。《康熙鄞县志》中有:"鄞江逾它山而下,南接奉化江,环而为蕙江。"

东联为:

□□□□□,近接萬家煙火;

虹橋聯古道,遙通百里舟車。

"虹桥"即光溪桥。"万家烟火"形容鄞江镇之繁华。"百里舟车"多见于桥联,一般刻在主路驿道的桥梁上。

2011 年 12 月 22 日摄

悬慈桥

悬慈桥在海曙区鄞江镇的悬慈村。它是宁波仅有的一座结构独特的石伸臂单跨木梁廊桥。全长18.34米,宽5.73米。共有桥屋八楹,其中正桥上有五楹。悬慈桥建于清朝乾隆(1736—1795)间,现桥系中华民国六年(1917)火毁后重建。

《雍正宁波府志》称:"晋安帝时,孙恩乱海上,句章城残破,改筑于小溪镇。"清代徐兆昺《四明谈助》更是称:"又《曹志》云:晋末,避孙恩之乱,自城山渡移治于小溪,镇在悬磁,今悬磁有城址,其地至今名句章乡。"所以,有很长一段时期,这个观点一直被采信,认为悬慈村曾经作为宁波的政治中心长达数百年之久,直至唐长庆元年(821),州治从小溪迁到现市区的三江口才结束。虽然,近年这一观点正在被逐步推翻,但是,悬慈村是一个历史悠久的古村,是不争的事实。

悬慈又称悬磁,其名得自桥下之溪水。桥下的清源溪,源于奉鄞交界的清明山北麓,历南坑、雪岙、李岙,湍流数十里后,经此桥汇入不远处的鄞江。古人常用"色如镜,声如磬"来评价磁器,清源溪之水"湛然铿然,有如冰鉴之悬秋也,故曰'悬磁'"(《四明谈助》)。清源溪今已改道,干流改经村外新开挖的溪床直注鄞江,悬慈桥下只流经一股细流。

悬慈桥正桥的木梁之上立木柱,两头桥台之上立石柱。石柱上刻楹联,共有六副,数量为宁波单座古桥之最。因为它是一座廊桥,廊柱之间联系着横木可作坐凳,路人、村民都可在桥上憩息。桥又处在主道上,所以兼具路亭功能。从前此桥还设有茶会,夏季在桥南为路人施茶。鄞江、悬慈一带多石宕,不但石材好且多良匠,联柱刻工较精。柱面凸雕出弧面联板,石面细平。挂座的形式变化较多,有兽面挂座、寿桃挂座、灵芝挂座,还有蝙蝠挂座。联字有正书,也有隶书,皆阴刻。

六副联除一副是十言联外,其余都为七言。每副联对仗都很工整。廊桥南头的元宝山墙中间开拱门,墙的内侧依墙有四根石柱,刻两副楹联。

边上的一联为:

停車邂逅成知己,

立馬斯須別故人。

读这副联,一定会有似曾相识的感觉,因为将它刻于任何一座主路驿道的路亭,都很得体,是一副不折不扣的路亭楹联。

靠门的一联为:

地近詩人高尚宅,

亭鄰佛氏永豐庵。

这副联就有所特指了。上句的"诗人"，即唐代著名诗人、号称"四明狂客"的秘监贺知章，他的诗句"少小离家老大回"可以说是家喻户晓。"高尚宅"即贺知章故宅，清《康熙鄞县志》有："（县南）五十五里响岩山，亦秘监隐处，旧有读书楼，至今名高尚宅。"高尚宅在悬慈村东面的鲍家磡自然村。鲍家磡村北临鄞江的山坡上，旧有贺公钓台，和与其相连的小岩山，"岩中有洞，江水作声；与游人笑语，则岩洞答应，故曰'响岩'"（《康熙鄞县志》）。下句的"永丰庵"，俗称悬慈庵，从前就在桥的南头，离桥仅有几步之遥，现已成为民居，但规模尚存。民国时期新建的刻有门联的山门，今仍存。

桥北最后一楹已在桥台之外，它其实是顺岸行走的路廊，也有四根石柱。中间两根自成一联：

一部春秋匡漢室，

五行辛革利民生。

此联与桥、路都无关。上句是写关公，他喜读《春秋》，"秉烛读春秋"，左手拊胸前美髯，右手持《春秋》书卷的形象，在后来关帝庙中多有出现。下句写的是华佗。因为桥东堍从前有"二圣殿"，同祀关公和华陀。这里的二圣殿为何不祀孔子和关公呢？因为从前二圣殿旁边还有单独祀孔子的文昌阁。华佗人称神医，专外科术，与关公是同时代人，与关公有交集，《三国演义》中华佗为关公刮骨疗伤的情节，脍炙人口。下句"五行"对上句"一部"。五行是五行学说，是中国古代很有影响的哲学思想，它用木、火、土、金、水五种物质来说明世界万物的起源和多样性的统一，认为自然界的一切事物和现象都可按照这五种物质的性质和特点归纳为五个系统。五行学说后被运用于中医，即中医五行学说。"辛革"对"春秋"，辛味居五味之首，是药性五味的重要组成部分。关于辛味的功能，《内经》曰："辛甘淡属阳，酸苦咸属阴。"又，《尚书·洪范》曰："金曰从革""从革作辛"。"辛革"借指中药五味。此联写关公助刘备匡扶汉室，华佗行医为民。联中这个"革"字，在之前所见的有关文章中都被录为"草"字。

中间两根柱自成一联，边上两根各自与隔路的第二楹的石柱对成一联。

靠东的一联为：

绀水千寻迴象麓，

飛虹弋曲映狮峰。

"水千寻"对"虹一曲"，这副才是真正的桥联。"绀"是水之色，"飞"是虹之势。"狮峰"即悬慈桥东向迎面的狮子山，隔鄞江与凤凰山相对。"象麓"，虚拟，是为了对"狮峰"，因为清源溪沿途而来没有象山之名称。所以，上句是虚，下句是实。

靠西的一联为：

入座盡是風塵客，

過橋皆成萍水人。

这副联看似泛泛，"风尘客"对"萍水人"，"过桥"对"入座"，虽然用在桥上不是很妥当，但只要桥头有路亭，一定能用上这副联。"风尘客"是写行路人风尘仆仆，如唐代张籍《题李山人幽居》有："应笑风尘客，区区逐世名。""萍水人"是萍水相逢，如宋代石孝友有《一剪梅》："萍水相逢无定居。同在他乡，又问征途。"作为桥联，此联很切合悬慈桥。悬慈桥是廊桥，廊柱之间有横木坐凳，风尘仆仆的远行人经过此桥，必定会稍事坐歇，"过桥""入座"，萍水相逢，闲聊上几句，解解疲乏，而后又忙着各奔东西了。

第二槛只有边上两根是石柱，内侧相对又刻了一副十言联：

接大嵐，通剡溪，行蹤絡繹；

望駝井，對孝廟，風景依稀。

这副联描述桥的交通地位及周边景色。上句"大岚"，在四明山腹地，意指循山可至西面。"剡溪"，在鄞县之南的奉化地界，经此桥向南翻过鄞奉交界的北坑岭可至剡溪，故此桥实为交通要道。"络绎"即连续不断，往来不绝。下句"驼井"俗

1999年4月11日摄

称葑潭，在悬慈桥的西南，明《嘉靖宁波府志》载："悬磁葑潭，县西南六十里。泉深不及膝，以竿探其泥葑，可下数丈，岁旱溪河皆涸，潭水漫出，滋田数千亩。"旧时旁有葑庙，四季香火不断。"孝庙"就是悬慈庙，在狮山南麓，古称孝子庙。传说北宋末年，孝子张无择负母逃避金兵，将其慈母悬于井中，逃过一劫。后人立庙祀之，称悬慈庙。史实与此传说大有出入，张无择是唐代的慈溪人，不可能负母避金兵于此，但悬慈孝子庙的确存在过。"风景依稀"，如唐代赵嘏《江楼旧感》有"同来望月人何处？风景依稀似去年"。"依稀"模糊不清，这里是指在桥上隐隐约约可望见葑庙和孝子庙。

驻足细读这几副桥联，仿佛可以看见旧时歇脚纳凉、敬神拜佛、登桥览胜尽会于此的情景，并不遥远。

五港桥

五港桥在海曙区古林镇南街的西端,与黄公林庙前的九狮桥遥相对望。五港桥,顾名思义,就是建在五条河道交汇处的桥。这里是黄公林河与后港的交汇处,南、北、西三向都是直河。桥架跨于南河口。东向的河分成两条,一条向东北,一条向东南,所以桥的东堍两边都是河,将陆地斜夹成一个尖尖的墩,称"剑墩"。"剑墩"是旧时黄公林市的草席市场,如同前面所述的洞桥席行埠头,不过,这里两边都能带船。黄公林白蔴筋草席不但在鄞西、在宁波享有盛名,即使在浙东江南也负有名气。

五港桥为三孔石拱桥,全长 19.93 米,拱券采用纵联分节并列砌置。此桥的桥栏形式很特别,通栏无望柱,为靠背坐椅形状,又称"吴王靠",这种形式在苏南地区较为多见,宁波只此一例。民国《鄞县通志》记载:"栏石作椅背形,与诸桥异。"为了与桥栏相匹配,栏端不设抱鼓石,而是置放蹲伏的石雕狮子,造型也较为独特。

桥墩为典型的薄墩结构,联柱石上刻有四副桥联。中孔四根联柱石,刻两副桥联,均为七言联。柱面细平,凸起联板,联板顶上饰灵芝挂座。联字行楷书写,阴刻。

需要特别指出的是,这四根柱石,如果不是旧物利用的话,那也是尺寸出了差错。已刻好字的成品联柱,下脚被截短、削尖,有一根联板以下的柱面还被凿毛。这种情况,出现在整体工料相当考究的桥上,似乎不应该。

中孔北面的一副为:

河分五港源流大,

洞築三環月印圓。

此联是专为嵌入桥名而撰。"三""五"是实数,"三环",即三孔石拱桥。"五港",桥在五条河的交汇处,顺带将桥名嵌入。此联对仗工整,音韵协调,几乎挑不出毛病,但除了"月印圆"稍作点缀外,读来如同白话。

南侧一联为:

波心倒映开金镜,

水面横飞落彩虹。

这副联胜出上联许多,是描写桥的形态。视觉的亮点首先是落在"金镜"上,宽阔的河面,映出桥的倒影,桥孔水面发亮,犹如圆镜。然后再是桥形,像是一道彩虹飘落在水面之上。唐代李白《秋登宣城谢朓北楼》:"江城如画里,山晚望晴空。两水夹明镜,双桥落彩虹。人烟寒橘柚,秋色老梧桐。谁念北楼上,临风怀谢公。"其中"两水夹明镜,双桥落彩虹"是咏桥的名句,常常被后人引用在桥联中。李白是登谢朓楼俯瞰宣城宛溪的凤凰桥和句溪的济川桥,这里不用"夹"字而用了一个"开"字,将俯瞰改成了平视,更为贴切。

边孔两副联,因为联柱较短,刻五言联。联柱素面不作雕饰,联字直接刻于其上。联字正书,字较大。阴刻,字底平。

边孔北面一联为:

锡峯遥暎列,

它水近流通。

上句"锡峰"即锡山。走完古林的南街,迈步上桥顶,一抬头,映入眼帘的是鄞西平原西部自北而南的一列山峰,正面独高的山峰就是锡山。"遥映"常入诗联,用于桥联则有登桥远眺之意,如,"虹腰遥映淞波月,雁齿高连玉岫云"。下句中的"它水",是指南塘河之水。鄞江上游樟溪水,流到鄞江镇被它山堰拦入南塘河,所以,南塘河

之水又称作"它水"。桥下之水，向南可与南塘河合。此联工切，上句山、下句水，用来交代桥的地理位置。

南面一联为：

月窟云程状，

龙蟠虎踞形。

上句"月窟"，是月亮的归宿处，与"云程"一样，都是指非常遥远的地方。如，李白《苏武》诗有："渴饮月窟水，饥餐天上雪。"下句"龙蟠虎踞"，则是形容地势之险要。桥东两河相夹，地形细长，势如龙蟠；桥西宽广，则称虎踞。此联原意大概是想写桥址地当要冲，故围绕一个"形"字来撰，上句的"状"也是为了对下句的"形"，用"月窟"来形容桥也无可厚非，但添上"云程"，反而感觉不恰当。

五港桥，最早由槎湖戴氏所建。明《嘉靖宁波府志》记载："资善桥，县西南三十五里，旧名五港桥。国朝天顺八年里人、知府戴浩建。嘉靖十五年戴鳌重修。"槎湖戴氏系甬上望族，世居古林以东的戴家村。戴浩，官至巩昌府知府，明天顺元年（1457），年近七十时，致仕返乡。

桥为戴浩致仕后所建。戴鳌是他的孙子，明弘治己未（1499）科进士，浔甸府（云南寻甸）知府，重修此桥时，改桥名为资善桥。现桥为清同治八年（1869）重建，桥名又改回五港桥。中华民国十年（1921）重修。

2000年4月29日摄

大宾桥

大宾桥位于海曙区古林镇西洋港村的百郎桥自然村。单孔石梁桥,中华民国三十年(1941)重建。桥面和桥栏在早些年已改为水泥结构,桥台仍为原物。

桥台转角立柱上刻有两副桥联。柱面凸雕弧面联板。板顶之上刻兽面挂座,板下不用托钉而饰灵芝头。联字行楷书写,笔画极细。阴刻,刻刀斜入,笔画底部尖。

西联为:

虹影遙臨鳳嶴,

源流遠接它山。

上句中的"凤岙",即百郎桥村西边数里的凤岙村。凤岙村位于鄞西平原的边缘,现属横街镇,古属桃源乡,自古以来是进入四明山区的重要通道。凤岙在清乾隆年间形成了著名的"凤岙市",民国时期达到鼎盛,成为鄞县最繁荣的集市之一。不将其他村名写入联,而是选凤岙,就是因为它有名,是集市。"虹影"即桥。上句是写站在桥上西望,即见山麓的凤岙市。

下句中的"它山",即它山堰。前面甬水桥联中已出现过。它山堰拦樟溪之水入南塘河,南塘河与北面的广德湖之间,有一条宽阔的河道,这就是西洋港。后来广德湖虽然被废,但河道仍在。大宾桥所跨之河,是村子北面的一条横河,桥西不到一里,就是西洋港。所以,俯首所见之水,即是从它山堰而来。这里用"它山",而不像五港桥联那样用"它水",因为字位于联脚,是为了平仄协调。此联是写人站在桥上向西俯仰入眼之景。

东面一副联为:

往事留傳曾下榻,

新村建設此權輿。

上句"下榻"是一个典故，因此，前面加了"往事留传"几个字。此典故语出《后汉书·徐稺传》："蕃在郡不接宾客，唯稺来特设一榻，去则县之。"徐稺，东汉豫章南昌人，是位有学识的高士，家境贫寒，终身以耕稼为业，不仕。"蕃"就是时为豫章太守的陈蕃。陈蕃为人正直，很看重徐稺的才能，他平时不接待宾客，唯有徐稺来了，特意为其准备一张榻，以作夜谈之用。"县"同"悬"，等徐稺离开，就将这张榻悬挂起来，所以称"下榻"，也称"陈蕃悬榻"，是礼遇宾客的意思。西洋港村民多姓陈，明代从临海迁至此，百郎桥村民也姓陈，与西洋港村民同宗。陈氏分五支，称五宅，百郎桥叫后宅，总祠堂在西洋港。大宾桥原名百郎桥，"大宾"是民国那次重建才起的名，重建后桥栏上刻有两个桥名，一侧为"百郎桥"，另一侧为"大宾桥"。所以，上句用的是一个与陈氏先人有关的典故。

下句"新村建设"，是二十世纪二三十年代曾经掀起过的一场社会运动，现在已鲜为人知。这项运动旨在从中国人口最多的农村入手，通过农村的复兴，以最终达到整个国家强盛的目的，其代表人物有被誉为"世界平民教育运动之父"的晏阳初、梁漱溟等人。因为这项运动太过于理想化，在当时的社会条件下，注定不会有什么成就。大宾桥就是在这样的时代背景下重建的。榷(què)，独木之桥。晋代郭义恭《广志》有："独木之桥曰榷，亦曰彴(zhuó)。""榷舆"，指能通行车的桥。此联怀古咏今，有感而发，虽仅刻于一座乡村小桥上，却有鲜明的时代特征。

2011年11月12日摄

秋成桥

秋成桥在海曙区古林镇前虞村,俗称新桥头。原来是一座单孔石梁桥。民国《鄞县通志》载:"秋成桥,县西南前虞埤市西、祝家桥北,民国四年(1915)重建,跨野猫洞港,为前虞埤市通蜃蛟衕市要津。"1974年,由当时的辰交(蜃蛟)公社改建为单孔双曲拱水泥桥,桥台石砌,并改桥名为"辰建桥"。水泥桥如今也废弃了。

在当年改建水泥桥时,由于原先石梁桥桥台转角上的联柱石仍被砌于桥台的角上,两副桥联被完整地保留下来,非常难得。柱面细平,石作较精。中间凸起弧面联板,板面窄。板顶之上雕灵芝挂座,用连枝灵芝的柄钩住联板挂钩。下饰一个固定的尖垂。联字完整。联字一为楷书,一为行书。阴刻,笔画底平。

南联为:

一镜浪平临岛月,

两蛟源远接它流。

"一镜"对"两蛟"。下句这个"两蛟",从联尾的"它流"来看,不是指此桥西北不远的蜃蛟衕,而是指鄞江上游的大皎、小皎,"它流"即它山堰的水,与之前几副联中出现过的"它水""它山"同义。鄞江上游大皎、小皎之水,到它山堰入南塘河,至沙港口后,北通野猫洞港,可达秋成桥下。上句的"一镜",则是指千丈镜河。千丈镜河

  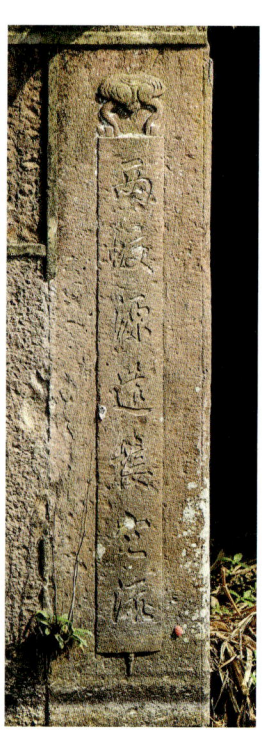 

之水，出自建岙，从梅园翁家向东，过此桥之南，流经前虞、下王、西杨、东杨、车何等地，汇入南塘河，《四明谈助》载："建岙水出桃浦桥，与小溪后港水会于千丈镜。"但是，不知道后半句"临岛月"的"岛"指的是何处。野猫洞港两岸的地貌变化不大，基本农田连片，桥位附近看不见像岛的地形。这副联是写桥下之水有两源，一为大皎、小皎之水，一为建岙之水。

北联为：

流經龍漕源來活，

派接蛟川浪湧清。

此联联意简单明了，是写桥下之水，清澈如碧。这里特别需要指出的是，此联中的"蛟"与南联的"皎"完全不同，它不是鄞江上游的大皎和小皎，而是桥西北的蜃蛟村。一般来说，在宁波，蛟川即镇海之别称，其名得自于甬江口外的海中小山——蛟门山，它是由外洋进入甬江的屏障。其实，在鄞县也有称"蛟川"的地名，只是知者不多，它即蜃蛟村的别称。传说蜃蛟古时叫蛟龙村，村内有蛟池，蛟池圆形如巨蛤，故后来称村名为蜃蛟。蜃蛟村周姓，始祖早在宋代就迁到这里。民国二十年（1931）纂修宗谱时，为了避免跟镇海的"蛟川周氏"混淆，前冠一个鄞字，为《鄞蛟川周氏宗谱》。上句的"龙漕"，也是指蜃蛟，蜃蛟有池也有漕。这副联是写桥下之水经由蜃蛟而来。

2015年8月5日摄

寺 桥

寺桥在海曙区古林镇薛家村的前方自然村。单孔石梁桥,南北跨村边的跃进河。它是一座非常典型的乡间单孔石梁桥,西头桥堍特别宽,筑有路亭。路亭只有北面筑一道背墙,其余三面通透。亭柱面南刻有一副联:"春雨又来,为我预先留坐处;夕阳还好,劝君暂且驻行踪。"此桥东通礼嘉桥村,西达薛家村。

桥台用条石顺砌,块形较大,转角抹圆不包立柱。所以,它的桥联镌刻位置与以上几桥不同,它是刻在栏端望柱的外侧。这种形式,受望柱高度的制约,一般联字都比较少,字也小,即使一句分成两行刻,字体也不大。栏与望柱采用勾榫连接。望柱方形平头,柱顶与栏顶齐平,高 0.78 米,面宽 0.38 米。始建年代不详,民国十二年(1923)重修。

两副桥联刻于望柱外侧。南联下句因石面剥落缺三字,但于读联无碍。七言联分成两行,联字行书。阴刻,笔画浅。

北联为:

不必誇泗洲風月,

居然比蜅港細波。

南联为:

過客而今平步上,

行船從此□□□。

两副联,对仗工整,朗朗上口,与此桥的亭联一样,通俗直白,毫无生涩之词,幼孺皆可知其意。北联是写景,南联是颂桥。坐亭中诵联,观一派水乡田园风光,悠闲自在,正如其桥。

联中"泗洲",即泗洲塘河。桥下之河北通泗洲塘河。"风月",清风明月,是指泗

洲塘河的景致。现在所称的"跃进河",肯定是后起的名字。此河南接像鉴桥河,附近没有名为"蛳港"的河流,应该不是实指,从"不必夸""居然比"之意来看,所指似同一,"蛳"应该是"泗"的谐音。"细波"乃指微风吹来,河面泛起的粼粼波光,意为观此处之景,胜过"蛳港"。

新桥建成以后,对行人和船只都带来极大的方便。"平步",是形容桥平坦,举步过桥非常轻松。下句所缺的三字,应该是形容船只过桥也是畅通无阻,如"扬帆过"之类。

2006年,桥北薛家新家园小区建成,此桥虽不能行车,仍得以保留。两年前,环城南路西延,因为桥址正好在路基规划内,桥被拆除。

2008年12月9日摄

永安桥

永安桥在海曙区古林镇的薛家村。单孔石梁桥,现桥为民国十七年(1928)重修。桥址在薛家村西,距离上文所述的寺桥三里。薛家村现已整体拆迁,正在施工的环城南路西延段从村中穿过,永安桥仍留在原位。

永安桥的桥台采用条石顺砌,转角抹圆不包立柱。所以,它的桥联与寺桥一样,也是镌刻在栏端望柱的外侧。望柱高 0.73 米,柱边长 0.34 米。栏柱勾榫连接方形平头,柱顶与栏顶平。联字行书,竖一行。阴刻。

南联字略大,较清晰,联为:

六龍水歸浮石,

三鳳名即新莊。

这是一副六言联,"六龙"对"三凤","浮石"对"新庄",字数虽少,却讲明白了永安桥的位置,不能随便移易他处,是副好联。

解读此联,必须提到薛家村的薛姓始祖、宋左朝奉大夫知衡州军薛朋龟。薛朋龟,字彦益,宋政和八年(1118)进士。薛朋龟居宁波城内冷静街,归休以后,在现薛家村西北不远处置别业,名曰"新庄"。他经常与同为进士出身而已致仕家居的左中大夫王珩、左朝议大夫蒋璇、左朝散大夫顾文、左朝请大夫汪思温等四人聚会于此,以诗唱和。他们五人都年逾七十,这就是宁波诗社史上非常有名的"四明五老"。新庄又称浮石新庄。薛朋龟置别业结诗社的时候,门

前的河中有一块石头从上游漂来,看到石头居然能漂浮于水中,认为必是灵异之兆,于是就将这石头画了下来,立庙祀奉,名"浮石庙",从此,"屡显灵异,水旱蝗疫,祷之辄应"(《康熙鄞县志》)。如今庙仍在。明朝洪武年间,有周姓居民迁入新庄,之后繁衍成大族,薛姓家族衰落,所以,现今新庄又称"新庄周"。

"三凤"是薛家村薛氏宗祠的堂号,民国《鄞县通志》载:"祠在新庄薛家,前后三厦,额署薛氏宗祠,堂名三凤。""三凤"是薛姓常见的堂名。唐初,河东汾阴薛氏,是名门望族,薛收、薛德音、薛元敬,以才华闻名于世,人称薛收为长离,薛德音为鸶鹭,薛元敬为鹓鸰,故世称"河东三凤"。薛收和薛元敬,同为唐太宗的十八学士。后来,薛姓凡有溯世系为河东的,就以"三凤"为堂名。薛家村的薛氏宗祠在永安桥西面百余米处,宗祠后侧有薛朋龟墓。旧时,从村内到祠堂或祖墓,必须过永安桥。"六龙"为了对"三凤",这里代表六条河。新庄位于古代广德湖的东面湖界,其西一里有叫七港口的,六条河交汇,汇流后北至望春桥注入西塘河。永安桥下的水向北经藕缆桥也流至望春桥。不过,联中这个"六",有可能只是为了对应上句的"三",不一定是实指。

北联为七言联,字更小,而且望柱的石面原本就不平,不易辨识,拓后才能辨。联为:

水歸永安六脈合,

橋間薛姓萬世垂。

解读过南联,北联的联意就非常好理解了。联意是祈望永安桥与桥边的薛姓能同垂万世。上句与南联的上句基本一样,只是将地名"浮石"改为桥名"永安","六龙"即"六脉"。下句"闾",原来指里巷的大门,后指人们聚居的地方。"桥闾"即在桥边聚居。"万世垂",则是与桥名"永安"暗相对应。

2011 年 10 月 6 日摄

皎碶桥

皎碶桥在鄞州区五乡镇皎碶何村的皎碶自然村，南北横跨后塘河，当地人俗称"大桥头"。在宁波，稍微上点年纪的人都称现在的五乡镇为五乡碶，那是因为奉化江将原来的鄞县境地分为东西两块，东西各有七乡。鄞东七乡中的老界、翔凤、手界、丰乐、阳堂这五乡之水，可以通过建在这里的碶闸流经小浃江入海，所以被统称为五乡碶，后来就演变为地名。皎碶桥前身是回江碶石桥，始建于宋熙宁元年（1068），现桥为清嘉庆六年（1801）重修。三孔石拱桥，全长26.50米，中孔净跨约6.10米，边孔4.45米，拱券采用条石纵联砌置。桥面由石板铺成弧形缓坡，只在两头设有台阶。

皎碶桥共有八根联柱石，镌有四副桥联，全是七言联。联柱素面无雕饰，联字行楷书写，阴刻。

中孔东面一联为：

水從碧玉環中過，
人向蒼龍背上行。

这副联，出自元代刘百熙的《安济桥》诗："谁知千古娲皇石，解补人间地不平。半夜移来山鬼泣，一虹横绝海神惊。水从碧玉环中过，人在苍龙背上行。日暮凭栏望河朔，不须击楫壮心生。"安济桥即河北赵州桥，又称大石桥，建于隋代，是我国最

著名的石拱桥。后人将刘百熙诗中这两句刻在桥北关帝庙的楹柱上,它便成了安济桥的桥联。皎碶桥这副联和它只有一字之差,即下句"在"与"向"的区别。虽然此诗咏的是安济桥,但是将桥孔比喻为"碧玉环",用在皎碶桥上似乎更加妥帖,因为赵州桥是弧拱,桥孔和倒影合起来看,是两头尖的橄榄形,而皎碶桥是半圆拱,桥孔和倒影能合成三个不折不扣的圆环。

中孔西面一联为:

看去空中横半月,

窥来水底合三環。

"空中横半月""水底合三环",这是从不同角度看到的拱券形状。这原本是一副非常不错的桥联,前面加上的"看去""窥来",像是冗词,虽然词性和对仗都无可挑剔,但给人硬凑字数的感觉。

边孔旁边的联柱石较短,每句分成两行刻,字较小。

西面边孔一联为:

鰲背結成元氣迎,

玉環聯映大江青。

联中"鳌背""玉环",都是形容桥,在桥联中经常出现。鳌是传说中的大海龟或大鳖,力大无比。"鳌背"是驮负海上仙山的鳌龟之背。如《楚辞·天问》:"鳌戴山抃,何以安之?"王逸注引《列仙传》曰:"有巨灵之鳌,背负蓬莱之山而抃舞,戏沧海之中。"上句"鳌背"应该是指建在宽阔水面上的桥,故为"结成"。"元气"是构成天地万物的原始物质,古人认为宽阔的水面之上必有这种原始物质。如,李白《丹阳湖》中

中有"湖与元气连，风波浩难止"。贯穿鄞东平原的宁波后塘河，最宽的一段河道就在这里，皎碶桥虽称大桥头，也只能横跨河的一半。皎碶桥南堍是河中的一座土墩，墩之南还连着一座三孔石梁桥，当地人叫它"塔水桥"。"塔"是"贴"的宁波地方方言发音，意指桥的梁底近贴水面。贴水桥与路面平，不设步阶。贴水桥下不通船，船都是从北头的皎碶桥下过。古时，这座贴水桥作为水则使用，根据桥下水面与梁底的距离，来决定附近众多碶闸的启闭。民国《鄞县通志》对皎碶桥的注释中就有"其南有平水桥，为向时东西回江碶泄水之水则"。所以，这里的河面非常宽阔。下句的"大江青"，将河称为江，也是形容这里河床宽阔，水面泛青。

东面边孔一联为：
圯上抗怀孺子事，
柱中再见丈夫题。

此联上下两句，是两个与桥有关的典故，分别是"圯上受书"和"相如题柱"，在桥联上经常能看到。

"圯上受书"是指兴汉三杰之一的张良，年轻时在圯水桥得到黄石公传授兵书的故事，是成语"孺子可教"的典故出处。张良年轻时一次在下邳的圯水桥上行走，遇一老者，老者叫他拣鞋、穿鞋，而且态度极差，张良看其年老，不与计较，便依言忍着做了，老者就说："孺子可教。"于是约张良五日之后的早上，再在此桥上见面。等张

1998年8月30日摄

良如约前去时，老者已到，随即受到训斥，这样连续三天，直至张良半夜就去等候，总算比老者早到，于是，老者授予他一部《太公兵法》。后来，张良熟读此书，帮助刘邦建立汉朝，立下大功，封为留侯。此老者即黄石公。句中"抗怀"的词意是坚守高尚的情怀，用在这里，是赞赏张良在圯桥受书过程中的举动。

"圯上抗怀"，《宁波百桥》中录为"圯上抚怀"，后《宁波老桥》又同样录入。"圯上"乃"圯上"之误，"抚怀"就与"抗怀"完全不同了。

"相如题柱"是西汉时期著名文学家司马相如在升仙桥上题字的故事。司马相如以文才闻世，所作《子虚赋》《上林赋》是汉赋的代表作品。早先，司马相如在离开家乡成都去到长安时，从成都北门外的升仙桥经过，他提笔在桥上题柱以明志，据东晋《华阳国志·蜀志》载："（成都）城北十里有升仙桥，有送客观。司马相如初入长安，题市门曰：'不乘赤车驷马，不过汝下也'。"古时将四匹马套拉的马车称驷马，能乘这样马车的，一定是高官贵族。司马相如题柱之意是表明不做高官决不返乡的志愿。后来升仙桥就改名为驷马桥，至今仍是成都北上的必经之地。元代戏剧家关汉卿，将这个故事改编为杂剧《升仙桥相如题柱》，使司马相如成为一位在民间很有影响力的人物。联中"丈夫题"，是钦佩司马相如将豪语题于升仙桥，任凭人人过而见之议之，有大丈夫之气概。"再见"，这里意思是"仿佛又见到"。

大涵山桥

大涵山桥在鄞州区东吴镇生姜村。桥位于生姜漕和史家湾两个自然村之间,是一座三孔石壁墩石梁桥,全长20.45米。大涵山桥始建于唐代,现桥为元延祐六年(1319)重建,桥墩柱石上有"大元延祐六年岁在己未良月吉日重建"的题刻。桥栏上有明万历戊戌年(1598)、清道光庚子年(1840)、宣统庚戌年(1910)多次重修的题刻。该桥上存有宁波最早的桥联。

大涵山的桥墩是石壁墩,由石柱竖立并排而成,这在宁波非常罕见。民国《鄞县通志》有称:"其桥墩石条直立,与今之横叠者异。"桥联的位置也很特别,与浙北苏南地区盛行的石壁墩不同,桥联不是刻在边柱的外侧,

而是刻在墩中间的一根石柱上,相向而对,成了名副其实的对联,此形式在宁波仅此一例。刻对联的石柱与刻有元代纪年石柱的柱形、石色相同。联板凸起,上饰荷叶头,下饰莲花座,荷叶头浮雕具有明显的宋元特征。如上两图,左为大涵山桥联柱荷叶头,右为湖州德清建于宋代的丁墓桥的字堂荷叶头,两者极为相似。大涵山桥现存桥栏是明万历戊戌年(1598)之物,栏额有落款和署名,桥联至迟也是这个时间。结合联柱石和元代纪年柱的柱形、石色及文字的刻法,还有桥联的内容,不能完全排除建于元代的可能。现有观点都认为,桥联最早出现时间在明代,如果大涵山桥的桥联真的是元代所刻,无疑具有颠覆性的意义,堪称宁波桥联之瑰宝。

联字正书。上下句刻法不一,上句阴刻,下句双勾线刻。上句联脚石裂,下句前三字风化,都较难辨识。十言联,对仗工整。联为:

橋梁固,日月長,溪山如舊;
地脈靈,車馬富,人物還新。

联中的"地脉"是指大涵山。大涵山,位于东吴与五乡碶两地的中间,"自瓶窑山转北,突起崇峦,三面距水,有岩岩气象,关东吴之水口"(《四明谈助》)。大涵山桥就坐落在大涵山东边尽头的"水口"上,桥以山名。桥的东面通向生姜漕村,西面通向史家湾村,这里河阔水深,久旱不涸,是五港交汇之处。发源于天童、凤下、画龙的三股溪水,汇合少白溪后,由东吴河直泻而来,与经过平窑而来的东钱湖之水汇合。过此桥后又与明堂岙经过沙堰的来水汇合,而后流注后塘河。遇到刮风天,这里水急浪高,故被称为"虎狼关"。大涵山桥承梁石的端头雕刻也与宁波其他桥梁不同,雕成龇牙咧嘴、圆眼怒瞪的吸水兽,用来镇吓兴风作浪的水怪,人称"老虎桥"。这种吸水兽只在外地的元代或明早期桥梁上能见到,下左图是大涵山桥,下右图是苏州的灭渡桥。虽然,这里被称为虎狼关,但每当"天霁风晴,则水光山色,上下相映",又是"溪山"如画,濒水而秀。

桥西面的史家湾村,据传是南宋鄞东史氏发祥的地方。被称为"八行先生"的史

大涵山桥　　　　　　　　　　　灭渡桥

诏,带着母亲最早避居在这里,之后才迁到东钱湖的下水村。史诏,北宋晚期人,重教知礼、学行俱优。他是遗腹子,由母亲抚育成人,因此立誓终生陪伴侍奉他的母亲,地方官举荐他参加科举考试,均被谢绝。后来因为"孝和"著称乡里,又被举荐,他生怕朝廷要其做官,干脆带着母亲从宁波城中的湖西搬迁到东乡。宋徽宗知道这件事后,在大观二年(1108),亲书"八行高士"赐予他。后来,他的子孙从南宋孝宗朝开始,三代拜为宰相,史家成为"一门三宰相"的名门望族。史诏之后,程学弟子、山东人焦瑗,字公路,绍兴年间(1131—1162)避乱南下,也寓居于大涵山。焦瑗置讲舍授洛学,弟子中人才辈出,其中有定海沈铢、沈锃、沈铭三兄弟,沈铢的儿子沈焕,后来是"明州淳熙四先生"之一。所以,清史学家全祖望说:"甬上乾(道)淳(熙)之盛,孰非先生(焦瑗)所首导哉!"史诏之孙、丞相史浩的《鄮峰真隐漫录》称,焦瑗死后,"向时从学者,尚遵礼法如公路在时。其从仕而归者,人见之,不问皆知为焦氏弟子也"。这应该就是联中"人物还新"之所指吧。

1998年8月30日摄

盛店桥

盛店桥，又名盛垫桥，在鄞州区邱隘镇。跨后塘河，单孔石拱桥。它是后塘河上的一座古桥。宋《宝庆四明志》载："盛店桥，县东十里，元符元年建。"原桥已不存，改建为水泥桥。桥南原来有联石铺于路中，桥北则有联石砌入河岸。有两根半联柱尚能看见联字，另有一根字面朝里被砌入河岸。对照1870年来甬外国人拍摄的照片，可以确认是桥上的联柱石，应该是清乾隆五十九年（1794）重建的老物。

柱面两边凸起，中间凹进成联板，上下分别雕刻荷叶头和莲花座。联字行书，阳刻。这几根残柱，是宁波仅存的联字采用阳刻的联柱石。

东联为：

一道彩虹朝跨漢，

半規明月夜□□。

西联为：

曆階定詡逢遊子，

□□□□□□□。

东联对仗工整，用"一道彩虹""半规明月"形容拱桥，桥联中常见。西联"历阶"，指登阶，跨过台阶。这句是写登桥时刚好遇上了远方归来的游子，一定会感到惊奇。

张斌桥

张斌桥的原址在鄞州区东胜街道的张斌桥社区,即中山东路与彩虹路的交叉口。桥南连接彩虹路,桥北向东是东郊路,向西是大河路。1988年道路延伸,河被填,桥被拆除。

张斌桥在宁波相当有名气。桥始建于宋,跨后塘河,宋《宝庆四明志》载:"张斌桥,县东五里,元丰五年建。"民国三年(1914)重建后,因其用材上乘,做工考究,是宁波最精致的单孔石拱桥之一。几年前,它被迁建至下应街道湾底村的天宫庄园。因为拆除已时隔多年,石构件经数番辗转,散失过半。好在四根联柱石均存,但已不能按原位砌入桥墙,只能以竖碑的形式立于桥堍两头。

联柱石所用石材为梅园石,雕刻精湛。联柱石柱面细平。联板刻成竖匾状,四周有匾框。框内的上下左右雕刻八对寿桃,四只角雕刻蝙蝠。联字行书、阴刻。

东联为:

橋以人名,千秋留紀念;

工同天造,萬姓樂平康。

上句"桥以人名"写张斌桥是以张斌的名字命名。张斌不是达官贵人,也不是商贾巨富,他只是一个编草鞋、卖草鞋的老人。传说很久以前,这里是集市的渡口,张斌在渡口边上靠编卖草鞋为生,他经常将草鞋施舍给那些光脚赶路的穷人。旁边肉摊的摊主姓陈,经常要干缺斤短两的事,张斌私底下劝过他,他就是不听。后来,肉摊主的背上长了一颗毒疽。这病在从前可是要命的,弥留之际有"黑白无常"前来索

命,他死死哀求。无常说,如你愿将张斌的草鞋全部买下施舍给路人,可饶你一命,他一口应承。此后,肉摊主就将张斌的草鞋全都买下,挂于肉摊施舍路人,病渐见好。而张斌则用攒下的钱在渡口造了这座桥,后人称其为张斌桥。这是一个劝人行善积德的传说。如今传说的版本虽有所不同,但一点是相同的,即此桥是编卖草鞋的张斌公公所造。下句"工同天造"是形容此桥砌筑之精湛,巧夺天工。全桥用石规整,石面细平,石缝紧密。桥上的雕刻,如桥栏望柱头的狮象、莲荷,长系石的龙首等,在宁波都是首屈一指。就连桥下的纤道也用石规整,有棱有角。"平康"即平安。"万姓"对"千秋",都是夸张的修辞。而此联用"千秋"也不为过,因为从地方志所载的桥名到这次迁址重建,相隔也有800多年了。

西联为:

旁列第一亭,行人少憩;
長流數十里,航路更通。

上句"旁列第一亭"即桥边的鄞东第一亭。后塘河沿河北岸是塘路,塘路上隔三五里就有一座路亭,既可供路人、纤夫歇息,也是航船乘客的候船之处。特别是跨塘河的每座桥旁边都有亭,如镇东桥边的七里亭、福明桥边的福寿亭、盛店桥边

2015年3月6日摄

的泰安亭、莘新桥边的乐善亭等。后塘河起自大河头,东行至张斌桥仅一里许即有亭,称第一亭。民国《鄞县通志》:"鄞东第一亭,县东张斌桥北堍,即古东憩亭。清光绪二十三年(1897)里人史久稻重修。南行锦绣街,东行七里垫,西行大河桥。"下句"长流数十里"是指桥下之后塘河。后塘河又称东塘河,是宁波六塘河之一,起自东吴镇经五乡、邱隘至江东大河头(今中山东路大河巷口),全长18.5千米。其源头为天童溪、凤下溪、画龙溪、小白河及宝幢河等。后塘河自古以来是宁波最繁忙的塘河之一,每天有多班航船往来。香客去天童寺、阿育王寺拜佛,都从大河头乘船,有的至小白河头上岸,有的至宝幢河头上岸。早在二十世纪三十年代初,后塘河上已经有航船公司的汽船了。

高塘桥

高塘桥在鄞州区首南街道的高塘桥村。单孔石梁桥。梁面长5.10米，四块梁板并铺，桥面净宽2.26米，这在宁波单孔石梁桥中属于比较宽的。一般用三块梁石并铺，桥面宽1.70米左右。高塘桥始建年代无考，至少早在宋代已有此桥。现桥系清光绪二十年（1894）重建。

高塘桥两头桥台的转角立柱上，刻有两副桥联。柱面雕出联板。联板弧面，石面细糙不均。联板之上雕刻铺首，挂环衔于兽面之口。东桥台的联板下饰莲花板托，西桥台的联板下饰灵芝板托。联字正书。阴刻。

两副都是七言联，联字完整无缺。将桥名"高塘"拆开嵌入联中，用的都是燕颈格，嵌在上下句的第二字位置，这在宁波桥联中是孤例。

南面一联为：

仰高識金峩源遠，

沿塘望石柱村連。

这副联是写站在高塘桥上向南观望，上句为仰望，下句为平视。桥下之河，叫姜山西河，此河向北可从铜盆浦入奉化江，向南一直可上溯至奉化白杜。上句"金峩"，即金峩山，是宁波东南方向最高的山峰，被称为宁波府治之案山。白杜在金峩山的北麓，桥下之水从白杜来，即源自金峩山。姜山西河，旧时在鄞东，是仅次于后、中、前三塘河的又一条塘河，河中舟楫不断，河西岸有塘路，桥孔下有纤道。下句"石柱"，是指此桥南面一里许处的一座孤庵，叫"石柱头庵"，旁边有一座福德桥。但是，要想从高塘桥上看清石柱头庵，其实很难，因为它与再远一点的郁家村已叠连成一片。

北面一联为：

宋高公此桥留句，

鄞塘乡斯镇擅名。

此联也是桥名嵌字联，用的也是燕颈格。乍读此联，可能会以为这"宋高公"是杜撰的，纯粹是为了用"高"对"塘"，合成桥名。其实不然，不但确有宋高公其人，而且他还真的为高塘桥写过诗。"宋高公"即南宋诗人高衡孙，他曾以此桥为题写《高塘桥》诗："碧荷色犹懒，紫花香渐多。过桥通故里，分界入新河。土润何功治，沙平不用磨。衣冠今已矣，从此想鸣珂。"高衡孙，庆元（宁波）鄞县人，是高闶之孙。高闶是南宋大儒，南宋初年学制多为他所创立。高衡孙是宋端平二年（1235）乙未科进士，累官尚书户部侍郎、知临安府。奉祠（通奉大夫、提举江州太平兴国宫）归里后，与陆合、汪之林等人结诗社，酬唱互和。清代史学家全祖望《句余土音序》有："咸淳而后，甬上之士不见用，礼部尚书高衡孙、军器少监陆合、知汀州汪之林而下四十余人，一月为一集，顾其作，少传者。"诗社留传下来的诗作数量甚少，《高塘桥》是其中之一。上句是写古人用高塘桥作过诗，以衬其历史之悠久。

下句是写桥所处地的名气，衬此桥乃远近闻名。"擅名"意为享有名声。旧时，鄞东有七乡，高塘桥村属鄞塘乡二十八都。下句不称其为"高塘桥村"而称为"镇"，并且以镇"擅名"，是因为在清光绪年间重建此桥的时候，高塘桥的集市已经初具规模，一旬有五市，高塘桥市在附近一带相当有名气。

2011年8月9日摄

聚源桥

聚源桥在今鄞州区姜山镇的郁家村。姜山西河自南向北流经郁家,桥东西跨河。现桥建于民国十五年(1926)。1964年,河道拓宽,桥由姜山水利会改建,原先的石梁和桥栏改成水泥结构。桥台仍为原物,只是将东头的桥台按照原样向岸边缩进。

桥台转角立柱刻有两副桥联。联板形式与上述高塘桥一样,挂环衔于铺首兽面之口。南北联字书法不同,北联正书,南联篆书。均为阴刻。

北面一联为:

村舍毗連,名傳石柱;

源流滈瀚,直接銅盆。

上句写聚源桥所处之村的村名。"石柱",上篇的高塘桥联中也提及,即郁家村。郁家村又称石柱头郁家,因为聚源桥以北100多米处,从前还有一座福德桥,桥边有一座孤庵叫石柱庵。福德桥东通三里石家村,西通前方村。石柱庵紧靠着南北的塘路,东西南北过往之人都须经过此庵,所以,不管远近,无人不晓,庵名盖过村名。石柱庵早已不存,它毁于几十年前的一场大火,只剩下当年庵边的一根天灯石柱。下句写桥下河水的流向。"铜盆",即"铜盆浦",姜山西河南起鄞奉交界的界中桥,向北流至铜盆浦港口的盆浦碶落奉化江,盆浦碶在聚源桥北八里处。滈(hào)瀚,是形容桥下的水势。

南面一联篆书,这非常少见。庙祀胜迹、亭台楼阁的楹联,用篆文书写的很多,因为读联者可近前驻足细品,而在桥门的立柱上面用篆文书联,似乎有点难为读联之人,远看字小难辨,临近了,又是船随波动,摇晃而过,不易察觉。早些年,南联上句只能看见上半句的两个半字,其余被河磡砌挡。如今郁家村已整体拆迁,屋基造

田返耕,原先被屋基砌遮的联字又重见天日。联为:

半壁狮山,当前挊映;

弌彎鹤水,到此流通。

此联上下句的前半句,"半壁狮山"对"一弯鹤水"是以"山"对"水"。上句的狮山,就是姜山。姜山是鄞东南平原上一座很小的孤山,海拔高度不足40米,故称"半壁"。聚源桥离姜山只有三里之遥,站在桥上,南望姜山,其形状犹如一只卧伏的狮子,所以姜山又名狮山。民国《鄞县通志》:"姜山,一名狮山,其岩穴既广且深,可坐数十人者,谓之后岩;其南有溪流一道,长如罗带,可以问津而至者,谓之前岩。"早在宋代,鄞塘乡管辖里一村二,里一即姜山里,村二是姜山村和铜盆浦村。姜山现为镇名。下句的"鹤水",就是桥下这条姜山西河。聚源桥与姜山(狮山)之间,原先还有一座文新桥。文新桥东堍有一座亭,叫白鹤亭。从姜山穿镇而来的河流在亭边折入姜山西河,桥下之"鹤水"得名于白鹤亭。

文新桥堍的凉亭为何名叫白鹤亭呢?这里面有一个传说。在白鹤亭的南面,有一条河从西南方向的下施、毛家埭而来,到此处汇入姜山西河。这条河来汇之前,与附近其他河流不同,逶迤九曲,到了文新桥后,河流又变为笔直,分别向东、向北直冲姜山和郁家。最早这里有一个小村叫陆家村,据说后来是因为瘟疫而灭村,老百姓就认定这条流向特别的河是一条蛇精,是蛇精为害才使陆家遭灭村之灾。于是,为了避祸,就在文新桥的桥堍,也就是在蛇头这个位置,造了一座凉亭,因为鹤能克蛇,就用"白鹤"命亭。当然,这是旧时老百姓避害祈福之为,也是联中"鹤水"的来历。

2011年11月1日摄

文德桥

文德桥在鄞州区姜山镇的胡家坟村。单孔水泥平桥，南北架跨进德港，桥台石砌。现在桥栏、桥面已修葺全新，但是，桥台还是老东西。

桥台转角立柱刻两副桥联，一正书，一草书。草书桥联刻在东面，因而不像西面那样容易风化，否则要看清被风化的草书，恐怕绝无希望了。柱面无联板等雕饰，联字直接刻于其上，石面较糙。用草书题写的东联，则在刻字处将石面稍加铲平。联字阴刻。

西联为：

文澜南接金溪水，

德泽北通铜浦潮。

此联对仗工整，"文澜"对"德泽"，"南"对"北"，"金溪"对"铜浦"，"水"对"潮"。上句句首的"文澜"，是由波澜引申到文章的文采壮阔。下句的"德泽"，是恩惠。这里，只取"澜""泽"之字意，"文""德"两字是桥名，它是一副嵌字联，将桥名嵌于句首。胡家坟，是鄞南的一个大村，桥下之河叫进德港，因为河上有三座进德桥（上进德桥、中进德桥、下进德桥）而得名，这条河往南可通奉化白杜，接受源自金峨山的金溪之水；往北可通姜山西河，直至铜盆浦入奉化江。铜盆浦旧时无闸，江水一天两潮进出，所以才会有下句这个"潮"字。这副联除了嵌桥名，其余是交代桥下之水的来源与去向。铜盆浦用在上篇的聚源桥联中，为了与"石柱"的"柱"相对，简称为"铜盆"，又为了与"金溪"的"溪"相对，故简称为"铜浦"。

东联为：

鹤鸣桥畔潮初涨，
虎啸洲中风忽生。

这副联对仗也很工整，"鹤鸣"对"虎啸"，"桥畔"对"洲中"，"潮"对"风"，"初涨"对"忽生"。上句很容易理解，文德桥离奉化江甚远，潮水绝对进不到桥下，但是，潮水涨落却会直接影响到河水的下泄，从而产生水位的变化。潮水初涨，悄然无声，是谁最先知道呢？就像"春江水暖鸭先知"一样，当然是一直在桥畔觅食的鹤了。下句用"虎"对"鹤"，虎乃百兽之王，鹤为鸟中珍禽，走兽对飞禽，本无不可。可是，虎啸山林，平地生风，这平原水乡，怎么会有猛虎在洲中啸呢？这有点难解，其实它跟地名有关。

文德桥南面有一村，村名叫"虎啸周"，虎啸周村的周姓村民，于明正德年间（1506—1521）从天台迁来，聚族成村，村名源于"此地有虎龙相争之兆，周姓忌龙，取名虎啸周"（《宁波市鄞州区地名志》）。文德桥位于虎啸周与胡家坟两村中间，"虎啸洲"即"虎啸周"，"洲"字不但是"周"的谐音，而且还带出了下半句的"洲中风忽生"，妙。所以，这副桥联其实就是依着"虎啸周"的地名来撰写的。而且，上句中"鹤鸣"的"鹤"，也不是信手拈来，进德港所连通的姜山西河，又称"鹤水"，这里应该也是有所指的。再则，《诗经·小雅·鹤鸣》有："鹤鸣于九皋，声闻于野。"后人有将隐居的贤人或归隐山林的文人称为"鹤鸣之士"，鹤鸣于文德桥畔，也许正是撰联人之本意。

文德桥建于何时，无考。现存桥台应该是民国时期重建。

2012 年 10 月 21 日摄

五龙桥

五龙桥在鄞州区姜山镇五龙桥村的大桥头自然村。因为桥架跨于五水交汇之处,故名。三孔石梁桥。此地已近鄞奉交界,抬头就是金峨山。桥下之水主要源自奉化白杜。五龙桥的石雕非常精美,在宁波多孔石梁桥中首屈一指。现桥建于清道光二十九年(1849)。

桥墩迎水一面加设联柱石,刻一副桥联。联柱石靠于圆头的叠石墩,柱宽约为墩厚的一半。柱面的两边抹圆以利于分水,中间的平面成了联板。联板板面细平,上下分别浮雕荷叶头和莲花座。上句的联柱石已散失。联字行书,字大。阴刻,笔画底平。

联为:

□□□□□□□,

水迴五港曲如環。

2006年2月2日摄

西梁桥

西梁桥在鄞州区姜山镇姜南村的俞家埭自然村。单孔有栏石梁桥,南北向跨门前河,面长 3.88 米,桥面低平。清乾隆四十六年(1781)建。桥体保存较好。

此桥的联柱石位置与一般单孔石梁桥有别,联柱不是立在桥台转角,而是立在桥台侧墙,如同石拱桥的联柱石形式,这种形式在宁波仅此一例。立柱系专门为了刻联而立,柱顶用承梁后石扣压住。柱面四周凸起成围框,石面平。联字正书,字大。阴刻,直刀入石,较深,笔画底部平。

两副联均为七言联,联句最后两字平时被水淹没。东联上句被电线杆傍岸的基台砌没,不能见。联为:

□□□□□□□,

雁翅平连南北行。

下句的"雁翅"不同于"雁齿"。"雁齿"于桥联多见,形容石阶排列之整齐。"雁翅"其实是石桥的建筑术语,是指桥台两侧八字形展开的砌筑,其上部称雁翅桥面。《清官式石桥做法》有载:"雁翅。雁翅直宽按河口宽度定之,直长等于直宽。"这里,"雁翅平连"是称此桥独特,桥面低平,两头无台阶。

西联为:

上下影摇波底月,

往來人渡鏡中梯。

这副桥联是常用联。民国时期各种各样的交际大全书,如《交际手册》《日用交际快览》《商业新楹联》等,都录有应用联,其中桥梁应用联在十副左右,此联均在其中,而且一字不差。应用联未注出处,应是传播已久。西梁桥是单孔石梁桥,而且无台阶,故"镜中梯"不符,想必也是从他处借用。四川的泸定桥现有这副联;据记载,云南的霁虹桥从前也有这副联。那两座桥都是我国铁索桥中的名桥,桥形与"镜中梯"甚相切。泸定桥建于清康熙四十五年(1706)。霁虹桥始为竹桥,明代改建为铁索桥,年代更早。不知它们的桥联是建桥时就有,还是后人所书。西梁桥这副联不像是从这两座铁索桥借得。

2011年11月4日摄

居敬桥

居敬桥在奉化市西坞街道。三孔石拱桥,桥形高大,全长29.60米,中孔净跨8.80米,拱券采用纵联分节并列砌置,是典型的薄墩联拱石拱桥。居敬桥始建于明嘉靖十九年(1540),《嘉靖宁波府志》载其桥名为"龟径桥",现名是由谐音演化而来。明清两代曾多次重修,现桥是清道光二十三年(1843)重修。此桥砌筑考究,雕刻精湛,是奉化有名的古桥。

居敬桥设四道间壁,共有八根联柱石,只在中孔联柱石上刻两副桥联。边孔四根不刻桥联而刻历次建修的年份。柱面凸起平面联板,石面磨平。板顶雕刻兽面挂座,口衔挂环如铺首,南联的板下饰两个灵芝托钉,北联饰一个灵芝托钉。联字正书。阴刻,刻刀近似直入,笔画底部较浅平。

南联为十言联:

跨石成梁,會盡有源活水;
面山作案,送來無數奇峰。

此联是写山水形胜,用来交代桥的位置。居敬桥架跨于东江尾部,有多股源水汇集至这里。上句"有源活水",是指桥下之水。东江是奉化江的一大支流,源头有多条溪流,源自奉化、宁海交界处杉木岭的排溪之水,源自山隍岭的朱溪之水,源自

雨施山的乾溪之水，还有源自金峨山的金溪之水，都可以经过居敬桥流入东江，然后向北过方桥后汇入奉化江。居敬桥下之水源头众多，故有"会尽"之说。下句"无数奇峰"，指此桥所对之山。西坞在奉化的东北部，这里是鄞奉平原的南缘，在桥上举头南望，自东北往西南方向，绵延着一排平地而起的高山，它们是天台山的余脉。我国的民居住宅一般都朝向南面，所以常常将南面的山称作"案山"，北面的山称作"坐山"。所以，联称"面山作案"。西坞正面所对一山，山名叫笔架山，《光绪奉化县志》记载："笔架山。县东二十五里。宝庆、延祐诸志俱作笔加峰。峰峦崒（崪）兀如笔架形，云兴必雨。"笔架山乃"无数奇峰"之最奇者。不但有案桌，案上还有笔架，堪称"绝佳之形胜"。

北联为十一言联：

桥镇闾门，缔造计一家租调；

路当津要，往来通万里舟车。

上句"租调"，是古代的赋税，"计"是计课，即征收赋税。"缔造"这词，如今多指创造非常大的事业，这里仅指百姓为生计而进行的日常劳作。下句"津要"，词意与"要津"相近又稍有不同，"津要"是水陆冲要之地，而"要津"多指重要的渡口。"万里舟车"在桥联中常见，是形容交通繁忙。西坞镇是个古镇，四面环水，河道呈"井"字形，镇子就是"井"字的中间一方，南北偏长，东边临河的叫东街，西边临河的称西街。西坞以前又称西邬，元代时，有邬姓兄弟俩迁居于此，繁衍成族，称东邬、西邬。后东邬衰而西邬兴，遂演变成今名。镇内里巷相接，大宅连片，较有名的有九代闾门。

2009 年 1 月 31 日摄

居敬桥位于"井"字的右上角交叉口,是旧时北出此镇的必经之地,"桥镇闾门""路当津要",是写此桥对于西坞交通的重要地位。

居敬桥是奉化名桥,但是,几乎没有见到过这两副桥联被完全录对的,如《四明城镇》《西坞街道志》《宁波楹联集》《奉化建筑探胜》等,有将"津要"录成"要津","租调"录为"祖调","面山作案"录成"面山作业"等等。字录错了,当然也就无法解读联意。

灞　桥

灞桥在奉化市江口街道坝桥村。单孔石拱桥，拱券采用纵联分节并列砌置，净跨 11.10 米，架跨在鄞奉江边的河口上。桥西堍即鄞奉江的渡口。鄞奉江是奉化与鄞州的界河，江对面是鄞州的走马塘村。这座灞桥之名，是仿照长安（今西安）灞桥而取。长安灞桥是我国古代名桥，在古长安城东北十公里处，是古代东出长安的送别之地。长安灞桥边演绎过无数离情别恨的故事，"灞上折柳"的典故就出自那里。因为"柳"与"留"谐音，古人送别时，就折柳相赠，用来表达对亲朋好友的留恋不舍之意。如，唐代李益"杨柳含烟灞岸春，年年攀折为行人"，写的就是灞上折柳。奉化这座灞桥原名柏树港桥，是一座石梁桥，清咸丰四年（1854）改建为石拱桥。因为此渡口乃是送别之地，故也取名为灞桥。《光绪奉化县志》载："灞桥，建于清咸丰四年，旧为平桥，由周义纲募建。"

联柱石上刻两副桥联。柱面四周减地高起联板。板面平，上饰如意云头挂座，下无尖垂。联字楷书，阴刻。

北面朝鄞奉江一联，十言联：

詩蹟雖埋，猶憶騎驢逸客；
虹形已駕，不須鞭石神人。

此联上下句各用了一个典故。上句是"骑驴觅诗"的典故，出自唐代一个叫郑棨（qǐ）的诗人。郑棨在唐僖宗、昭宗朝为官，"逸客"就是指郑棨。他诗思敏捷，创作甚丰，当时有人问他这是什么缘故，他答道："诗思在灞桥风雪中驴背上。"于是，人们就纷纷效仿他，成为当

时一种时尚。长安灞桥的两岸柳树成荫，一到春天，柳絮漫天飞扬如雪，"灞柳风雪"是有名的"关中八景"之一。历代咏灞桥诗词无数，也多有提及郑棨。灞桥有一副名联："诗思问谁寻，风雪一天驴背上；客魂销欲尽，云山万里马蹄前。"这是清光绪年间陕西巡抚叶伯英所撰，联中也用了"骑驴觅诗"的典故，此联镌于桥头牌楼，但是它比奉化这副灞桥联要晚三十年。

下句的典故是"鞭石入海"。《艺文类聚》卷七九引用晋代伏琛的《三齐略记》："始皇作石桥，欲过海观日出处。于时有神人，能驱石下海，城阳一山石，尽起立。嶷嶷东倾，状似相随而去。云石去不速，神人辄鞭之，尽流血，石莫不悉赤，至今犹尔。"后

1998年11月15日摄

来就将"鞭石"作为神助建桥的典故。如，宋代郑獬《次韵石秀才淮上偶作》有句："自此乘槎须犯斗，谁能鞭石解为桥。"此联下句是说，秦始皇终究没有能够架成过海的石桥，而现在灞桥已经架成，再也不需要神人帮助了。此联所用的两个典故，都与桥有关，尤以上句暗扣桥名更佳。

南面一联为十一言联：

結構新成浮月半，宜邀月姊；
礄承舊蹟濟波中，詎駿波臣。

上句"月姊"即指住在月宫的嫦娥。"月半"即"半月"，是为了对下句的"波中"而倒置。"波臣"是水族中的臣仆奴隶，古人认为水族也有君臣。《庄子·外物》载："周（庄周）顾视车辙中，有鲋鱼焉。周问……对曰：'我东海之波臣也，君岂有斗升之水而活我哉？'"波臣，是鲋鱼之自称。"桥承旧迹"是指在原来平桥的位置建造拱桥。此联为重字联，上句用了两个"月"字，下句用了两个"波"字。联意为，现在新桥落成，平桥变成了拱桥，就像半个月亮浮在水上，是不是应该邀请月宫里的嫦娥下来住段时日呢？有了新桥，往来济渡，岂不是比水中的波臣（鲋鱼）还要快吗？此联颇有新意。

下句"桥承旧迹"，在《宁波百桥》《宁波老桥》中录为"继承旧迹"。

桥西堍有四柱四角方亭一座，歇山顶，造型精美。亭子与桥同宽，是桥的连体建筑，专门供等候渡船的行人在这里歇息。亭柱上刻有六副楹联，内容很特别，与桥、亭、渡几乎没有关系。除一副风化严重不能辨识外，其余五副，尚能辨识。

迎桥的一联为：

弦歌台上歌声缭绕，
乐舞亭中舞态翩跹。

其余四副都是写三国时的关公：

蚕眉锁今古，慨叹无人，
凤眼观春秋，神明罕匹。
清白服奸雄，精诚不贰，
死生事兄长，忠义无双。
善恶示彰瘅，千秋金鉴，
忠奸垂笔削，万世文章。
实情理无非当年史鉴，
假面目自须毕省形容。

细细品读这几副联，原本无声的候船亭内，仿佛回荡起一曲曲高亢的戏剧唱腔的《封金挂印》《千里走单骑》。

方　桥

奉化方桥，原为木梁廊桥，清乾隆三十五年（1770），改建为五孔石拱桥。清光绪二十七年（1901）拱桥倒塌。光绪三十三年（1907）建成下承式钢桁梁钢桥，单跨过江，面宽 6 米，跨径 72 米。桥台在原先石拱桥的桥台的基础上改砌。钢桥建成后，被誉为"四明第一桥"。

桥西头有一座四楹穿廊，近桥的一对廊柱是石柱，其余都是木柱。石柱上刻联。这两根联石的柱头形式与一般廊亭的石柱不同。一般亭柱与上部一截木柱的连接方式是石槽木榫，而这两根柱刚好相反，是石榫木槽。这石柱应该是以前方桥的联柱石，柱头石榫的用处是为了被联柱石上部的长系石（一般刻有龙首）扣压。刻联的正面，也比石柱其他的面要宽，两边都凿出止扣，这也是为了联柱石在桥上起到固定桥墙的作用而独有的。由此可推断，这是倒塌前的石拱桥上的联柱石。

柱面凸起边框，框角双曲。框之上雕刻荷叶头，框之下应该有莲花座，但已没入地面。联字正书，字大。阴刻，刀近似直入，笔画较深，底部平。

南柱刻：

一曲霓光跨水面。

北柱刻：

往来蟾窟棹歌宁。

"霓"，又称副虹。传说虹有雌雄之分，色鲜盛者为雄，称"虹"；色暗淡者为雌，称"霓"。"一曲霓光"，这里将拱桥比喻为彩虹。"蟾窟"即月宫，"往来蟾窟"，是形容舟楫在月形般的桥孔中穿梭往返。这是誉赞石拱高桥的联句。

上下句虽然都是喻写拱桥，但除了"霓光"与"蟾窟"词性相同可以比对外，其余都失对。所以，它们不会是同一副桥联，这应该是 1907 年建造钢桥时，从西头近岸处捞起，立于桥堍。它们原本置于桥的南北两侧桥墙，与它们分别相对的另外两根联

柱，位置在桥的另一头边孔。这在1870年外国人拍摄的老照片（见下图）上可以看得非常清楚，中孔的联柱石长，边孔的联柱石短。现存这两联句，应该一为北联的上句，一为南联的下句。但现所见《奉化市交通志》《奉化建筑探胜》《甬水遗韵》等书，都将其称作是一副亭联。

1870年外国人拍摄的方桥照片

永丰桥

永丰桥在奉化市萧王庙街道岭丰村的永丰自然村,俗称撑桥。桥架于剡江边的一条支溪口。单孔石拱桥,拱券采用纵联分节并列砌置,净跨5.60米。两头连接街路,桥面宽平,栏厚实。整桥用料考究,砌筑规整,雕刻精湛。

桥墙有四根联柱。联柱的用料用工,在宁波现存桥中可称上佳。柱面凸雕出联板,面平,边直,上饰灵芝挂座。两副桥联均为七言联。此桥桥联最特别的地方是字殊大,就算是柱石素面不刻联板,也显得字大。在柱面雕饰出联板后,有的笔画已至板边,应该是当初错将联柱宽度作为联板宽度告知书写者造成的。字体行楷相间。阴刻,因为字大笔画粗,刻刀斜入后即转,笔画底部呈弧形。

据传,这两副桥联是孙锵撰书。桥墙上嵌有两块匾式桥额,南为正书,北为篆书,款有署名,为孙锵所题。孙锵(1856—1932),又名礼锵,字高康,一字仲鸣,号玉仙,是当地青云村人。清光绪甲午(1894)恩科,得中二甲第一百十五名,赐进士出身,授内阁中书。《光绪奉化县志》载永丰桥:"县北二十里,泉口市。乾隆五十年修,光绪十九年撤旧易新,升高旧址,高一丈五尺、阔一丈七尺,上护石栏、下为环洞。"所以,永丰桥重建之时,正值孙锵进京赴考,待其金榜题名,春风得意之日,桥也将成,乡人请其题额撰联,实乃情理之中。

北联为：

涉川利筮包犧易，
题柱人来司马才。

此联有新桥落成喜庆之意。上下句分别用了"伏羲画卦"的传说和"相如题柱"的典故。上句中的"包牺"，是三皇五帝中的伏羲氏，又称为宓羲、庖牺、伏戏等，相传他为人首蛇身，是人类的始祖。他根据天地间阴阳变化之理，创造了八卦，后来才有了"文王演卦"，所以，联中称"包牺易"。"筮（shì）"，用蓍（shī）草占卦，就是占卦时用蓍草的茎的数量来推断凶吉。古时，人类对自然的认知非常有限，往往用占卦的方式来祈求神灵给予指示。可以说占卦与古代人的一生都息息相关，上至国家大事，下至个人行为，即使是渡一次河，也会占卦。因为古时交通方式落后，在人们渡过大河前，就会去占卜，以问凶吉。《易经》中就多次提到"利涉大川"，即此联句中的"涉川利"。下句"相如题柱"是撰桥联时经常用到的典故，但此句读来，像是撰联人自称怀有"司马才"的意思，也许真的是只有孙锵才会这么写。孙锵新科金榜题名，兴奋劲还没有消尽，又是家乡之桥，一挥而就。这种猜想是完全可能的。说来也巧，孙锵后来官至四川越厅（今凉山彝族自治州越西县）同知，光绪二十五年（1899）至四川，入成都，从司马相如题柱的驷马桥上经过。他为奉化福星桥撰的建桥碑记中称："今年夏，余宦游来蜀，将入城，过所谓驷马桥者。"当时的他，不

2015 年 7 月 20 日摄

知又作何感想。

南联为：

烟村近接两乡界，

驿路遥通万里行。

此联遣词泛泛，"烟村"指烟雾缭绕的村落，形容人口稠密。如，白居易《东南行一百韵》中有："水市通阛阓，烟村混舳舻。""驿路"是驿道、大路。"烟村近接""驿路遥通"为桥联、路亭楹联所常见，如之前《光溪桥》的"近接万家烟火""遥通百里舟车"。上句的"两乡界"是实指。永丰桥所在的地名叫萧王庙，现为街道名，因百花岭上有一座萧王庙而得名。萧王庙建于宋庆历二年（1042），是为祭祀北宋奉化县令萧世显。萧世显率民捕蝗虫，猝死于此，百姓立庙祭祀。南宋赐额"灵应庙"，元惠宗追封萧世显为绥宁王，以后就一直称萧王庙。古时，这里称泉口，是宋《宝庆四明志》所载的"奉化六市"之一。奉化旧有奉化、长寿、金溪、松林、连山、剡源、禽孝、忠义八个乡，其中，长寿乡与禽孝乡，就是以泉口剡江边的这座永丰桥为界，所以，联中有"两乡界"之谓。

太平桥

太平桥在镇海区九龙湖镇横溪村。桥位于香山寺与横溪村的半道上,双孔石梁桥,跨溪。两头的桥台紧贴着溪岸,采用四根石柱简支,柱间用乱石填砌。现桥建于清光绪三十三年(1907)。

桥台立柱外侧刻有两副桥联。在溪流的石梁桥上镌刻桥联,宁波仅见此一座。立柱高 1.60 米,面宽 0.30 米,素面无雕饰。联字楷书,阴刻。

顺水一面,是一副二十一言的长联,它是宁波最长的桥联。长联竟然出现在溪桥上,尤显特别。因为联字多,联句分成两行。此联有落款分题于上下句之后,为"光绪丁未谷旦"和"彭城中杨敬撰并书"。"彭城"是刘姓的郡望,所以,此联应该是一个叫刘中杨的人所撰。

联为:

後區無江也,前區無河也,無江無河豈知橫溪風水好;
北岠有獅兮,南岠有象兮,有獅有象方信蓬山地脈靈。

这副联对仗工整,联意就在上下句的后三字"风水好""地脉灵"。横溪村深藏在一条狭长的山岙里,村后紧靠着达蓬山。九龙湖水库未建之时,从外面顺着山路进来,即使到了香山寺,仍然看不见横溪村。村子四周树木茂盛,空气清新,溪水清澈,终年不涸。横溪村是宁波有名的长寿村,老人活到八九十岁是很平常的事。真是无江无河有溪足矣。下句中的"狮""象",分别指两座山。岠(jù),大山也。狮山在北,象山在南,中间隔着桥下的这条溪,站在太平桥上朝东往山外看,迎面高耸的就是狮

山。这副联是写横溪村背靠达蓬山,前有狮、象镇守,藏风得水,乃形胜之地。

迎水一面,七言联,联为:

四字能镇千山浪,

二洞可供萬水流。

这副联对仗也很工整,"四字"对"二洞","千山浪"对"万水流",朗朗上口,通俗直白,只是对于上句句首的"四字",如果单单按照字义来读,多数人都可能会不知所指。

太平桥建成时是一座有栏桥,栏与梁石等长。后来因为桥栏阻洪,致桥被洪水冲毁,恢复时,就将有栏改成无栏。桥面变成三块梁板并铺,宽1.65米。北孔有两块梁板,石质与其他四块不同,石面正反都很光滑,它们是原先的栏板。下到溪床仰头往桥的梁底看,可以看见一块刻大字,一块刻小字。小字是碑记,大字是桥额"洪水缓流"。联句中的"四字",就是原先桥栏上这桥额的四个字。刻桥额的这块栏石原先在迎水一面,可以看成是迎水桥联的横批。如今桥额匿藏于桥底,联意当然很难理解了。

随着九龙湖景区的开发,原桥加添新栏成为有栏桥,后来又拆建成新的水泥桥,宁波最长的桥联就此消失。

2011年10月25日摄

蟹蛏桥

蟹蛏桥在镇海区九龙湖镇中心村的庶来自然村。单孔石梁桥,东西跨文溪河北岸的蟹蛏港口。面长5.60米,桥门净宽4.35米,是宁波体量比较大的单孔石梁桥之一。桥两头与塘路相连,坡道平缓。塘路东通骆驼桥,西达文溪。桥孔的东边设有纤道。蟹蛏桥始建于明代,清道光十四年(1834)重建,中华民国元年(1912)再次重建。

桥台转角包立柱,柱上刻两副桥联。柱素面磨光,不施雕饰。联字行书。两副联的刻法不同,南联十七言,分成两行,刻刀直入,笔画底部平。北联八言,刻刀斜入,笔画底部尖。

南联为:

自丈亭至化闸而滙庶来,夕汛朝潮灌瀣浦;
由達篷出香山以注新堰,東流西折潴蛏田。

这是一副嵌字联,将桥名"蟹蛏"两字拆开,组成地名"蟹浦""蛏田"嵌入联中。"蟹浦"(后称"瀣浦")是实指,"蛏田"是虚指。

上句"丈亭",是指慈江(又称后江)与姚江(又称前江)交汇的丈亭三江口。"化

闸",即化纸闸,在灵山之前,是一处重要的水利设施。慈(溪)东和镇(海)西农田的灌溉,大多依赖此闸。它可以候潮关纳从丈亭来的姚江淡水以充裕水源。"庶来"即庶来桥。庶来桥跨文溪,建于800年前,桥名取自孔子《诗经》的"庶民子来"。村因桥名。"蟹浦",即澥浦,在镇海西北,是渔舟聚集之地,外通大洋。下句"达蓬",即达蓬山,又名大蓬山,是"三北"(原指镇海、慈溪、余姚三县的北部)东部最高的山峰,据传秦始皇东巡会稽曾到过此山。元代戴表元在《文溪记》有:"达蓬,士人相传,秦始皇尝登此山,谓可以达蓬莱,而东眺瀚海,方士徐福之徒,所谓跨溟蒙,泛烟涛,求仙采药而不返者也。""香山",是达蓬山的支派,因山上多香草,岩谷流香而得名。"新堰"是一座古堰,也是慈东的一处重要水利设施,宋开庆《四明续志》有详载。光绪《慈溪县志》载为:"县东北十八里,文溪东北。堰西有东岳行宫,堰下水南注文溪。二都二图。"

北联为:

脉认文溪,派流香港;
源从孝水,地接灵山。

"文溪"在灵山北,又称汶溪,受众山之水,色清有文,汇合原慈溪县东北诸多溪水后经化纸闸汇于慈江。"香港"即香山江,源出横溪的小桃花岭,是蟹蛭港最大的

2001年11月22日摄

一支。"孝水"是慈江的别称。"灵山"在马鞍山的东端,马鞍山即宁波府治的后镇山。两副桥联一共五十个字,其中,丈亭、化闸、庶来、澥浦、达蓬、香山、新堰、文溪、香港、孝水、灵山等十一处地名、山名、水名,共计二十二个字,几乎占了联字的一半。这两副桥联是写蟹蛭港与桥所处的位置,犹如一幅展开的地图,周围地标都显示了,却没有标上这座桥,因为此桥已跃然图中。

  两副联将桥下蟹蛭港之水的来源和流向交代得一清二楚。蟹蛭港又称杜郭河、薛家河,从蟹蛭桥起,经杜郭至澥浦而入海。蟹蛭港贯通了灌注澥浦的两路水源,一路是慈江(即余姚江的后江)之水,一路是文溪之水。慈江之水从丈亭三江口分姚江之水,沿灵山南麓而来,到灵山东尽头的化纸闸后北折,汇文溪河,经骆驼桥、借邑港入海,也可折转后上溯至蟹蛭桥下,进入蟹蛭港,从澥浦入海。文溪之水,源于达蓬山。达蓬山南麓之水,大多汇入蟹蛭港,其中最大的一支从香山流出,至新堰进入蟹蛭港达澥浦。

  2008年因建设慈江东排工程,蟹蛭桥被拆除。原桥部分构件包括刻桥联的立柱,运至镇海郑氏十七房景区,建了一座景观桥。

觐祖桥

觐祖桥在镇海区骆驼街道的田胡村。田胡古称田湖,相传此地系古代沼泽湖泊,《镇海区地名志》载,明朝初年,有胡姓居民从定海金塘迁居此村,湖、胡同音,以后就称为田胡。觐祖桥始建于明朝,初为木桥,清乾隆五十八年(1793),在木桥之东建造胡氏宗祠时,改木桥为石拱桥,乃取桥名为"觐祖"。桥跨村河,桥体小巧,全长11.28米。拱券采用纵联分节并列砌置,拱券最宽处为3.90米,是典型的马蹄形拱。全桥用料考究,石色搭配经过刻意挑选,建造精致,可以与园林桥媲美。

两副桥联刻于桥墙的联柱石上。联柱素面无雕饰。字正书。阴刻,近似直刀入石,笔画底部浅且平。

北联为八言联:

西墓东祠,人思觐祖;
早潮夕汐,水解朝宗。

此联对仗甚工。上句嵌桥名于句尾。觐祖桥在田胡村的南面,桥的东面是胡氏宗祠,如今建筑仍在。桥的西头原有祖墓,称"西墓东祠",说明了取名的缘由。下句用字很有新意,"潮汐",本是由月亮和太阳对海水的吸引力造成海水周期性的涨落现象,古代称白天的江海涌水为"潮",夜晚的称"汐","潮汐"两个字就是由"朝夕"加"氵"而成。此句将"潮汐"与"朝夕",两两拆开,组成"朝潮夕汐",因为"朝"字在下半句要用,故替改成"早"。音如叠词,字却不同,对"潮汐"做了最恰当的注释。下

句后面的"朝"字,来对应上句的"觐"字。上句句尾是桥名,下句句尾的"朝宗"与上句拆合,即成"朝觐祖宗",点明了建造此桥的目的。

南联为七言联:

一带流長通孝水,

三層閣近暎文星。

此联对仗工整、平仄协调。"一带"对"三层","流长"对"阁近","孝水"对"文星"。三是虚数,"阁"应该指文昌阁。觐祖桥所在的田胡村,自古地属慈溪,1954年才划归镇海。慈溪的县名,源于"汲水奉母"的故事。东汉时,有孝子董黯,其母患病,要饮大隐溪的溪水,他就在溪边搭一间石屋,每天挑水给其母饮喝,直至其母病愈,故大隐溪也称慈溪,后被用作县名。联中上句的"孝水",即慈溪的别称,意谓村河可以远通慈江。下句的"文星",就是文曲星,即北斗七星中的天权星,是传说中主管文运的星宿。旧时民间认为,因文章写得好而被录用、后做大官的人是文曲星下凡。现在这座觐祖桥,就是胡氏裔孙进士及第后放外为官,返乡觐祖时所建。

2011年2月12日摄

福寿桥

福寿桥在江北区洪塘街道洪塘村。三孔石梁桥,南北架跨市河,桥面长 10.55 米。桥北头是旧时的市街。洪塘旧时属慈溪,《光绪慈溪县志》载:"福寿桥,县东南一十五里,洪市河横泾桥东。"现桥系清宣统二年(1910)重建。

桥墩用整块条石平叠,为了刻桥联而在墩两端加包立柱,柱高 2.40 米。柱面雕出弧面联板,板面细平。联板之上饰兽面挂座,联板底下饰一尖垂。两副都是七言联,联字一为行书,一为隶书。字阴刻,笔画粗,笔画底部平且浅,像剥去一层石皮。

两副联都有撰联者署名。落款在联板下部,年月和署名分刻于上下联句的联字之下。平时,市河水位高,只能看见上面的联字,下面两个已看不见,更不用说是联字之下的落款了。所以,除非是河流干涸,否则是看不见落款的。

东面的一联为:

十里南通潺浦水,

一江西接丈亭潮。

此联由洪铭功所撰,写桥下之水的来龙去脉。上句"潺浦"在今洪塘之南,是流经洋市注入姚江的一条河的名称。《光绪慈溪县志》有载:"潺浦,县南二十里,南入

前江,并由洪家塘入后江。"下句"一江"即慈江,慈江水由东向西从慈溪县城的南面流过,称后江。慈江流至丈亭汇入姚江,再折向东流,称前江。江水由东向西再由西向东,一个往返,洪塘夹于前后江之间。所以,洪塘市河之水,向南可通过潺浦入姚江,向西经过慈江也可与丈亭的姚江水通。潺浦距离姚江较近,联中却称其为水,反倒是途远的丈亭称作潮,这又为何呢?旧时,姚江之上没有大闸,潺浦虽然濒姚江,但设有堰,潮不能入。而姚江的潮水可以一直上溯,到丈亭后顶推慈江水向东倒流,洪塘市河的水位也会受到影响,所以才会有"丈亭潮"。此联用"十里水"对"一江潮","南通"对"西接","潺浦"对"丈亭",中规中矩。洪塘市河之水,来自姚江又再归于姚江,在联中交代得清清楚楚。在交代水系的同时,顺带也点明了桥的地理位置。

西面的一联为:

吳社北飛虹影遠,

漢塘東送馬蹄輕。

这副联是洪黼(fǔ)华所撰。上句的"吴社"是指洪塘之北的吴社桥,"飞"是形容吴社桥横跨慈江的气势,"虹影"即桥。这句意思是站在福寿桥上,向北远眺,隐约可见横跨慈江的吴社桥。下句的"汉塘"就是洪塘。洪塘,古为海涂,早在秦汉时期,已经筑塘围垦,后来有洪姓村民沿塘而居,繁衍成大族,就称为洪塘,也称洪家塘,后又称洪家市。下句是写有人骑着马顺塘路东去,只听见马蹄声由重而轻,直至消失。这是一副写景联,有动有静,还暗扣了洪塘地名。而且,上下句的第三字分别用了"北""东"两个方位字,以对应东联的"南""西",使两联浑然一体。

2001年11月22日摄

胡家洞桥

胡家洞桥在海曙区高桥镇民乐村的姜岱自然村,旧时此地属慈溪县。桥不傍村,建在村西半里外的城山脚边。旷野之中一桥独耸,净跨 10.90 米,是宁波现存为数不多的大跨径单孔石拱桥之一。姜岱旧时属慈溪县地界,桥下的大隐溪在流到此桥之前,绕了一个急弯,然后过桥,至北一里许注入姚江。

关于此桥为何造于旷野中,当地有一个传说。旧时,姜岱村南面是一条官路,一头通宁波,一头通余姚,叫"南官路"(在姚江北面,从原来的慈溪县城慈城,经三七市、渔溪到余姚也有一条官路,叫"北官路"),官路上常有传送公文的驿马飞驰而过。一次,朝廷为纠正一桩冤案,要在午时三刻行刑之前将公文送到宁波府。公差一路东来,经上皇、小隐,出凉亭后,为了赶时间,以为大隐溪水浅、溪滩平,抄近路沿城山脚到达此处,却不料水深河阔不能渡,无奈只好折返。再从舒夹岙经学士桥由大隐兜回姜岱南面,催鞭赶到宁波,时辰已过,行刑已毕,冤案虽纠,但人头已经落地。从此,这里就造了一座桥,官路也改为沿着城山山脚走,经此桥后再由姜岱村旁折出。

据砌于桥墙的《重修洞桥序》所记,此桥始建年代无考,而大隐溪几乎年年都有洪水,桥易毁。现桥为清光绪二十四年(1898)再次重修,修桥资费由县人、"宁波帮"鼻祖严信厚筹集,桥成后,严信厚与其子严子均分题南北桥额。

联柱石上刻两副桥联。柱面平,用凸框围出联板,上有祥云头挂座。一副为十一

言联,一副为八言联,对仗工整。联字正书,阴刻,字底浅。

北面一联:

造舟为梁,来往征人无病涉;

聚石成徛,东西过客□□□。

此联是庆贺新桥落成。上句的"造舟为梁",出自《诗经·大雅·大明》:"文定厥祥,亲迎于渭。造舟为梁,不显其光。"它是记叙周文王迎娶殷商女子太姒的一个场面。文王亲自迎至渭水边,因渭水无桥,于是就用一只只船并排连起来,架起一座浮桥,这是我国有历史记载的最早的浮桥。下句"聚石成徛"的"徛(jì)"字,在现代汉语中很少用到,《说文》有:"徛,举胫有渡也。从彳,奇声。"《广雅》:"徛,步桥也。"《尔雅·释宫》:"石杠谓之徛。"郭璞注为:"聚石水中,以为步渡彴也。"所以,"徛"的字义是放在水中用来渡河的石头。"聚石成徛"对上句"造舟为梁",两种都是古代人们的造桥方法,用在此处,借指新桥的落成。

2010 年 11 月 23 日摄

中间四字,"征人"是远行的人,"征"是行,远行,这里是指过桥的远行路人。"来往"对"东西","征人"对"过客",这种对法在桥联或路亭楹联中经常可以看到,用于此桥,更为贴切。此桥处于官道上,前不着村后不着店,过桥皆是远行人。下句最后三字,因联柱石被撞碎而缺失,"过客"下面,很可能是个"喜",因为还残留着一个字头"士",上句"无病涉",下句很有可能是"喜安澜"什么的。

这副桥联未见过录对的,如"造舟为梁""聚石成徛"在《话说大隐》《姚江传统建筑》被录为"过舟为呆""聚石成待",《余姚古桥》录为"过舟为呆""聚石成彴",《宁波老桥》录为"过舟为界""聚石成梁"。可谓五花八门,然与联意都相去甚远。

南面一联:

一带长虹,常横黄浦;

半奁明月,返照清湾。

此联写景,上句写日景,下句写夜景,"一带长虹"形容白天的胡家洞桥,"半奁明月"是形容夜间的胡家洞桥。"一带"对"半奁","长虹"对"明月","黄浦"对"清湾"。这里,"清湾"好理解,如上图,河面宽阔,青山碧水。"黄浦"就比较难理解了,即便是为了追求语言的色彩对比,也不可能将清澈的溪水比喻成"黄浦"。浦,是指水边或河流入海之地。古时慈溪将汇入江海的水流称为浦,在慈溪的山北地区,入海的有淞浦、淹浦、古窑浦等;在山南,入姚江的有灌(半)浦、潺浦、无择浦等。桥下的水流是大隐溪,不称浦,但溪水到这里已是末端,距离姚江不足半里,从前的姚江没有大闸阻拦,一日两潮,潮涨时江水涌入,在日光下会泛成黄色。1959年,在宁波湾头建成姚江大闸,姚江成为河道型水库,从此,胡家洞桥下的水也变得清澈。"黄浦",正是我们现在已经看不到的实景。白天看桥,气势非凡,长虹横架。到了夜间,天变黑了,山变黑了,桥也变黑了,反倒是水面发亮变得格外清澈,"黄浦""清湾",正切其景。夜间,桥洞在后方水面的映衬下,就像半个月亮。那么,这半个月亮又是从何处来的呢?月亮原来是藏在奁匣内,有人一拉,就露出半个。"奁",为女子梳妆用的镜匣,铜镜圆形,"半奁"即半个铜镜,意境颇佳。

福泉桥

福泉桥位于余姚市河姆渡镇的河姆渡村。桥位于姚江渡口边,与河姆渡遗址博物馆隔江相望。单孔石拱桥,全长 14.40 米。桥体不大,拱券采用纵联分节并列法砌置,净跨 6.15 米。此桥与胡家洞桥一样,处于古代姚江南侧的官道上,桥面正中桥心石的雕刻图案为瓶中插有三枝戟,寓意"平升三级",为往来官员讨个彩头。桥底拱顶龙门石上雕刻的图案为"祥云蝙蝠",与桥名"福"字合。现桥重建于清光绪七年(1881)。

早先,姚江南边的官道从村内经过。从宁波出西门,途经高桥向西去余姚、上虞,直至京杭,都得从村内过。遇到有飞檄急传,驿骑飞驰而来,铁蹄踩踏村中石道,发出急促尖刺的响声,老幼受惊,所以,后来就将官道改到了村外,在村外一里建了这座石拱桥。

联柱石上刻有两副桥联。柱面凸起联板,联板平。板面和柱面的石面细平。联板顶上雕饰灵芝挂座。联字正书。阴刻。

南面两根柱石,上半部风化严重,石面剥损,石柱下半部有断碎。联字虽不全,但仍能读明联意。九言联:

福□□娜嬛,高分□□,

泉源贯河漢,上□七星。

"娜嬛",是传说中天帝藏书的地方,娜嬛也作琅環、琅嬛。《琅嬛记》:"张华为建安从事,遇仙人引至石室,多奇书。问其地,曰:'琅嬛福地也'。"《琅嬛记》旧题为元代伊世珍撰。上句第二字应为"地"。"河汉",则指天上的银河。此是一副嵌字联,取联句的首字,合成了桥名"福泉",显然是专门为了桥名而撰。取名"福泉",是因为

河姆渡村附近的姚江边上,有一座山的形状像一只倒覆的船,叫覆船山。此桥是用山名作桥名,但又嫌"覆船"不雅,就以谐音"福泉"为名。覆船山又名黄墓山,因为山上有一座黄公墓。《光绪慈溪县志》载:"黄墓山,县西南三十五里。一名覆船山。山岗平坦状如覆船,父老相传,上有汉黄公墓。"黄公是秦朝的博士,隐居在商山,汉初曾经帮助过后来成为惠帝的刘盈巩固了太子位,为"商山四皓"之一。

旧时,村子和渡口的名称都不叫"河姆",而叫"黄墓"。这里以前属慈溪,在慈溪历代志书中,不但有黄墓山,还有黄墓渡、黄墓市等地名。渡口茶亭边原先有一通立于清乾隆年间的茶亭碑,碑名即"黄墓渡茶亭碑"。"河姆"这个名称,直到二十世纪五十年代才正式启用。

北面一副联被抽水用的石渠砌遮,上句的联脚被埋,下句联字能全见。十二言联为:

遗蹟溯黄公,叠嶂西来联地脉;

導源分赤水,沂流南去達天台。

上句是称此地遗迹一直可以追溯到黄公。"叠嶂"是形容山峰重重叠叠,为实指。福泉桥濒临姚江,村南是连绵起伏的峰峦,一直绵延至四明山腹地。下句的"赤水",也是指四明山,四明山又称赤水丹山胜地,而四明山南面与天台山相连。但是,这里的"赤水"和"天台",都只是象征意义的借指,因为桥下之水,溯源根本到不了天台山。"赤"是颜色,为了对应上句中的"黄","天"则是为了对应"地"。"沂"同"溯",此处是为避免在联中重复用字。由此联可知,桥名源自黄墓。

2000年5月3日摄

竹山桥

竹山桥在慈溪市掌起镇鹤凤村的冯家自然村。南北横跨竹山江。单孔石梁桥，桥面长 5.06 米。旧时，慈溪县城在今宁波江北区的慈城镇，而鸣鹤场是慈溪北部首镇，竹山桥位于连接两地古道的中段，是必经之地。从慈城西出，翻越长溪岭到东埠头，再过竹山岭就到此桥，然后是沿着塘路与湖堤，直至鸣鹤场。现桥建于清同治七年（1868），《光绪慈溪县志》载："竹山桥，县西北四十里，上横河竹山岭西。"上横河即竹山江。

桥台转角包立柱，桥高柱长，两副桥联刻于其上。柱面凸起联板，板平，上有灵芝挂座。南桥台两块联板下饰两尖垂，北桥台两块联板只饰一尖垂。联字行楷书写。阴刻。

东联为十五言联，每句分成两行：

对桐井，傍竹山，此地有津梁，便人来往；
通伏龙，达鸣鹤，中流泛舟楫，任尔东西。

上句"桐井"是一口古井，在洪魏村，《光绪慈溪县志》载："桐井，县北三十里，洪魏村。"而洪魏村从前地名就叫桐井桥魏家。"竹山"，是与五磊山相连的一处低丘，离桥只有半里地。桥南至今仍有逶迤的石板古道通往岭上，岭上有一亭，叫吉祥亭。因为竹山桥旁边无任何建筑，同治年间的修桥碑记就立在亭内。从此桥过了竹山岭就是洪魏村。下句"伏龙"，是如今慈溪市东部龙山镇的龙山。龙山在此桥北面，傍海，孤山突兀，旧时属镇海县，是镇北一胜，山上有始建于唐代的伏龙寺。三北（即镇海北部、慈溪北部、余姚北部）的水路往东最远只能通到龙山，不能去镇

海城关,中间有澥浦岭阻断。"鸣鹤",即鸣鹤场,在竹山桥西,是座千年古镇,也是三北首镇,上横河直通鸣鹤场。此联上句写陆路,下句写水路,点明竹山桥系旧时慈北的水陆交通要冲。

西联为十一言联,单行:

石叠五寻,高映五磊而永峙;
水来三港,远归三浦以长流。

旧时慈溪的县域中部有东西向的山脉阻隔,分成山南、山北两个地区。联中"五磊",即山脉中部的五磊山,因为有五座高耸的山峰而得名,山上有晋代古刹五磊寺。"五寻",古代八尺为一寻,这里并非实指,这副联是重字联,"五寻"比喻桥体高大,可以与五磊山对峙。慈溪山北地区面向杭州湾,背靠五磊山,河流短小而众多,且大多为南北向汇聚山水入海,三北人称它们为"浦"。"三浦",是指南北向的三条主要河流,即淞浦、淹浦、古窑浦。"三港"则是东西向的三条河流,因为南北称纵,东西为横,所以称横江,"三港"即上横江、中横江、下横江(又称快船江),它们将南北流向的浦的上游相互贯通,形成太古塘内纵横交错的河网。上横江就是竹山江,近山,终年碧水长流。

读这两副桥联,犹如在看一幅展开的旧时慈溪山北地图。图上标着三浦、三港、五磊、桐井、竹山、伏龙、鸣鹤等一连串带有山、岭、水、井的地名,而竹山桥就正好在地图的中心。这种撰联手法与前面的蟹蛭桥联相似。

2019年9月8日摄

三眼桥

三眼桥在慈溪市掌起镇五姓点村的童家,东西向跨松浦。它是一座三孔碶闸桥,桥体较大,每孔净宽2.80米。原先桥面两侧有石栏,望柱头有狮雕。现在桥面已加宽,石梁改浇水泥,栏板也改成通长水泥实心栏。桥面以下的下部结构仍是原物。桥墩用整块条石叠砌,墩两端包立柱,北端立柱的侧面凿出插放碶闸板的长槽。桥边的岸石叠砌规整,是碶闸的标准做法。岸边与桥墩的对应位置也立有凿槽的石柱。现桥为清咸丰七年(1857)重建。

柱面刻有两副桥联,都是七言联。柱面凸起联板,柱面、板面皆磨光。联板挂座南北不同,南为灵芝挂座,北为祥云挂座,而且两个祥云头式样不一。联板下面各饰一个尖垂。联字行楷书写。阴刻,笔画底部浅且平。

北联为:

一川直達蛟宮裡,

二水中分龍舌尖。

旧时松浦修有两道碶闸,作用是防止海潮倒灌和拦蓄淡水,称上闸和下闸,上闸即三眼桥,下闸在三眼桥北面一里半的太古塘(今329国道)旁边。《光绪慈溪县志》载:"松浦闸,县西北六十里,明永乐二年知县余瑄建。松浦有二闸,其在三眼桥者,即永乐时余公移黄泥埭碶旧石所建,乃上闸也。……下闸三洞,东洞属镇,中、西属慈。"松浦通海,"闸下为浦,十余里外皆海"。上句"一川"即松浦,"蛟宫"是龙宫。"一川直达蛟宫里"是说松浦直通于海。松浦上游的长溪之水,源于长溪岭,属慈溪;源

于任家溪东西两岙之水，入灵湖后也注入松浦，属镇海。松浦是镇海与慈溪的界河，浦东为镇北，浦西为慈北。下句"二水"即慈水和镇水。两股源水同经此闸而入于海。松浦水在松浦闸前方半里处，河道一分为二，两河所夹的汊口迎水有一块尖尖的地，状如舌头，故有"二水中分龙舌尖"之说。

南联为：

此地分慈疆鎮界，

何時無水月松風。

上句"慈疆镇界"再明确不过了，而且刻有这四字的这根柱石，就是慈溪与镇海的界石，因为东洞与中洞之间的这座桥墩是两县分界处。此闸由两县共管，东洞归镇海经管，中洞归慈溪二十七都三图经管，西洞归二十七都五图经管。下句"水月松风"即"松风水月"，"月"是仄声，故将平声的"风"换到句脚。松涛、清风、流水、明月，为景色清幽的意象，这几个词常见于题刻或画中的题款，这里是用作点缀。两副联主要是写此闸是慈镇分界。

2008年8月31日摄

狮子桥

狮子桥在慈溪市掌起镇叶家村。单孔石拱桥，桥体不大，是慈北为数不多的石拱桥之一，它砌筑的精细程度，在宁波可说首屈一指。拱券采用纵联分节并列砌置，全桥石材打制规整，石缝严密。全桥施雕刻的石材，如桥额栏板、望柱、长系石、联柱石等等，用的全是宁波最佳的梅园石。每根柱头都雕有狮子或象，雕工之精湛、造型之生动，为他处少见。它联柱石的上下都雕有伸出的龙首，在宁波也是孤例。

狮子桥旧时在三北相当有名头，从前地名也随这个桥名而定，叫狮子桥叶家。它与西面的掌起桥陈家两村相连。掌起桥市是慈北六市之一，每"逢一四六八日市"，市街从陈家老街一直通到狮子桥叶家，店铺林立，商贸繁荣。

桥名"狮子桥"虽然有名，却是它的俗称，它的桥名其实是"新河桥"。小名叫惯了，反把它的大名给忘了。现北面桥栏刻"古新河桥"，南面刻"古吉利桥"，可知从前曾经还被称为吉利桥。为何桥栏不刻狮子桥，大概是感觉将小名题刻于桥上有点不妥，但又不能将早已废用的桥名直书其上，所以折中，前面加上个"古"字。《光绪慈溪县志》也用同样的办法，将地名载为"狮子桥叶"，而桥名载为："新河桥。县北四十里，沿海叶姓下横支河，俗称狮子桥。国朝道光二十九年叶凤重建。"现桥是中华民国廿三年（1934）重建。

桥墙联柱石上刻两副桥联。柱面磨光，联板内凹。板顶长系石下面雕刻兽面挂座，兽面额头上刻有一个"王"字。南联的板下饰莲花板托，北联无。联字行书，据传也是题桥额的戎复初所书。字阴刻，笔画底部浅且平。

南面一联为六言联：

吉吉吉，有终吉；

利利利，无不利。

这副联是桥名"吉利"的嵌字联，上下句各用了四个"吉"和四个"利"。"有终吉"和"无不利"，出自《易经》。《易经》第十五卦："劳谦君子，有终吉。""无不利，谦。"其意为：勤劳而又谦虚是一种美德，保持这种美德，最终一定会是吉利的。此联是注解桥名。句首的三个叠字，可以有好几种顿读法，也可以将六字联从句首开始一字一字地减着读，最终变成三字联："有终吉，无不利。"所以，它是一副趣联，特别耐读。

北面一副为八言联：

锁西北来龍之旺氣，

镇東南秀水之長源。

狮子桥南面是旧时三北地区东西向交通的大动脉——快船江，狮子桥东西横跨快船江的支流，距离快船江只有半里多远。"西北来龙"，是指快船江从此处通向西北方的慈北重镇鸣鹤场、观海卫，其势如长龙。"东南秀水"，即东南方的长溪、灵湖之来水，也是快船江水之来源。新河为南北向，"西北""东南"之水，均可经此向北入海。此联是赞誉新河桥有"锁镇气源"之形胜。

2008年8月31日摄

卧床桥

卧床桥在慈溪市掌起镇戎家村的黄家自然村。单孔石梁桥。卧床桥是三北地区的名桥。此桥出名,缘由南宋的黄震。黄震(1213—1281),字东发,号文洁,是这里的黄家村人。南宋宝祐四年(1256)丙辰科进士(与文天祥、胡三省同科),初为吴县尉等地方官,咸淳三年(1267),擢国史检阅,参与修纂《国史》《实录》。他为官清廉,不畏权势,咸淳四年(1268),因触怒度宗皇帝,官贬三级,被放为通判等外官。南宋灭亡后,他专心著述讲学,在经学、理学、史学上都有成就,创立了浙东学派,学术思想对后世产生了较大的影响。据传,黄震幼年常常在此桥上玩耍,把此桥当床,卧在桥上读书。

现桥的东栏刻桥名"古卧床桥",西栏刻"护龙桥"。戎金铭的《重建卧床桥记》对为何刻成一桥二名有详细记述。此桥原名"卧床",因为年代久远而讹传为"护龙"。重修此桥时,仍刻"护龙"是为了遵循乡俗,而题名"卧床"则是为了不忘先贤。现桥为清道光六年(1826)重建,光绪三年(1877)重修。

桥台转角包立柱,柱较长。柱上扣压方形承梁石,承梁石两头精雕龙首。柱面细琢,中间凸起弧面联板。联板之上饰灵芝挂座,底下有两个固定用的尖垂。两副都是九言联,联意都与黄震有关。联字行书,雄健飘逸,宛若游龙,是宁波桥联书法的佳品。字阴刻。

东联为：

看煙景波光，不殊往昔；

想流風餘韻，直到扵今。

卧床桥南北跨快船江，桥边即快船江与古窑浦相交处。三北的地形，背山面海，古窑浦是山水出海的一条主要河流。古窑浦得名，是因为戎家村东南古时有瓷窑数座，旧时，戎家村的村名就叫古窑戎，村边这条浦，叫古窑浦。上句"烟景"，是指桥边水面宽阔，烟水苍茫。如，唐代崔涂《春夕》诗："自是不归归便得，五湖烟景有谁争。""波光"指日出雾散后，水面泛起的粼粼波光。下句"流风余韵"，是指前代大儒黄震流传下来的好风尚和风雅之事。句首各用一"看"字、"想"字，触景而生情。多少代过去了，桥边风景依旧，黄震的风雅之事，仍在流传着。

西联为：

地接渭川，是名賢故里；

堤連上閘，沔古浦清流。

上句"渭川"，"渭"指陕西的渭水，渭川是渭水之滨，姜太公吕尚遇周文王于渭水之滨。渭川也指富庶之地，《史记·货殖列传》："齐鲁千亩桑麻；渭川千亩竹。""名贤故里"就是指河边的黄家村。上句是用"渭川"借指桥边的黄家村。下句"堤连上闸"，则是写实，旧时古窑浦有闸，内蓄杜湖之水，外阻海潮之涌，古窑浦闸分为上、下两闸，下闸在卧床桥北一里外的太古塘边，上闸就在桥旁边。陈邦瑞在《重建古卧床桥记》中，就有"与横经而并峙、虹曲藏腰，对上闸以相连、雁平露齿"之句。"古浦"即古窑浦。"沔"（miǎn），水流盛满的样子，是写上闸一闭，水可蓄满河。此联是点明桥的位置。

2008年8月31日摄

横经桥

横经桥在慈溪市掌起镇戎家村的黄家路斗自然村。单孔石平桥，现已被改建，桥面加宽改为水泥板梁。横经桥跨中横河，《光绪慈溪县志》载："横经桥，县北四十里，中横河。初，架木为桥，国朝康熙五十年里人戴有临改建石桥。圮。同治十一年戴敬捐资重建。"

原来的桥台转角立柱刻有桥联。改建时老桥台利用，西面立柱被后加拼的桥台砌挡，桥联已不能见。东面立柱的上部残破，下句首字缺失。联脚几字终年被水淹没。柱面凸起联板，板平。联字行书，字较大。阴刻，笔画底部浅且平。

联为：

横縱接龍鱗，自昔名儒兼□□；
□營排鴈齒，從今過客免寒□。

此联应该是桥名嵌字联，嵌桥名于句首。为了将桥名中的"横"字置于句首，所以将"纵横"倒置为"横纵"。下句缺失的第一字应为"经"。上句"龙鳞"，一般多用来形容老松树的皮，这里是指龙鳞般的水波。如，李白《忆旧游寄谯郡元参军》："浮舟弄水箫鼓鸣，微波龙鳞莎草绿。""名儒"即黄震。此桥离卧床桥不远。前面的《卧床桥》，除了戎金铭写过记，陈邦瑞也写过《重建古卧床桥记》，记中有"与横经而并峙、虹曲藏腰，对上闸以相连、雁平露齿"之句，"横经"即此桥。横经桥重建时间比卧床桥只早了五年，在当时还是一座新桥呢。下句"雁齿"在桥联中较为常见，形容桥的石阶像雁阵一样排列整齐。

唐荔桥

唐荔桥，原名虞荔桥，在慈溪市观海卫镇洞桥村。俗称洞桥或虞家洞桥，因为此地有虞姓村民聚居，自然村名叫洞桥虞家。桥名"虞荔"来源于人名。虞荔，南朝的大臣，唐初功臣，著名书法家虞世南之父。迁居在此处的虞姓奉虞荔为先祖，故以他的名字命桥。唐荔桥为单孔石拱桥，拱券纵联分节并列砌置，净跨3.20米。桥南北跨快船江。桥的西面是一个两河交汇的三岔口，水面开阔，南北流向的淹浦从这里分出后北流。现桥为清道光十一年（1831）虞氏后裔募捐重建。

联柱石上刻两副桥联。柱面凸起联板，板面平，上刻灵芝挂座，下饰灵芝托钉。柱石风化严重，东面南边一柱已不剩一字。联字隶书。阴刻。

东联为：

□喜□□功勿替，

□□□□□□□。

"勿替"出自《诗经·小雅·楚茨》："子子孙孙，勿替引之。"替，废也。"功勿替"，意为建桥的功德永远不会废掉。

2010年11月25日摄

西联为：

玉虹横鏁澄千尺，

□□□環碧弌泓。

"玉虹"，指桥。如，苏辙《次韵道潜南康见寄》："请君先入先开寺，待濯清溪看玉虹。"元代潘士骥《西桥待秋》诗，起句"玉虹横处隔市喧"。西桥即黄岩城西的五洞桥，又名孝友桥，今仍存。"鏁"，古同"锁"。"弌泓"，指的就是唐荔桥西面这一片宽阔水面。"弌"，"一"的异体字。

怀德桥

怀德桥在掌起镇裘家村的裘市自然村。单孔石梁桥,南北架跨快船江。此桥建造考究,整桥两侧设栏。现桥建于清嘉庆十八年(1813),保存完好。

桥台转角立柱刻有两副桥联。立柱较长,柱面凸起联板,板面平。联板之上有灵芝挂座,东联下句的联板下饰有灵芝板托,其余三板无。两副均为七言联。联字正书。阴刻。

东联为:

十里晴波洄碧玉,

一湾异彩落长虹。

此联写景,借以表达新桥落成的欣喜。"落长虹",是对新桥的赞美,这副联不是专指联,用于别的桥上,也很合适,"晴波"指阳光下的水波,如,唐代陆龟蒙《和袭美重玄寺双矮桧》:"更忆早秋登北固,海门苍翠出晴波。""碧玉""异彩"等词,读来使人目清。

西联为:

地接街衢征舰集,

港通南北客骢多。

这副桥联是写怀德桥所处的位置。联中所称的"街衢",现在仍能看出个大致范围,照片中桥后的老房子,就是街店老屋,到现在仍开着店。《光绪慈溪县志》记载:"裘家市,县北四十里,月逢三六八十日市",它是旧时慈北七市之一。所以,从前慈

溪县有两个裘市,一个在山南,即现在江北区的洪塘裘市。这里是山北的裘市。下句中的"客颿(fān)"的"颿",是"帆"的异体字,"客帆"与上句中的"征舰",都是指船只,此联描写每逢市日那天,桥边船只云集的盛况,也点明了桥的位置。

怀德桥始建于何时,无考,现存最早的明《天启慈溪县志》,对它已有录载,说明至晚在明代已有此桥。为何取名"怀德",志书也不见记载,倒是每次记载怀德桥时,都会提到"渭滩"。《雍正慈溪县志》载:"怀德桥,有渭滩,俗名海眼,周围三百余步。"渭滩,是怀德桥附近的一个小湖泊,俗称海眼,传说下面有龙窟。陈同文有《渭滩夜月诗》:"碧影方塘旧渭陂,清霄浴月泛舟过。一钩疑下璜溪钓,五夜长吟石上萝。空水倒函凝暮霭,长天泛照落金波。忽惊沙畔栖烟鸟,隔岸微闻欸乃歌。"这个"欸乃歌",也许正是怀德桥边船夫的棹歌。陈同文,慈溪人,清嘉庆四年(1799),卒于江西靖安县知县任上。

这两副桥联,《宁波楹联集》《三北古桥志》《快船江风情》等书都有录载,但无一录全,因为联字被石灰所封,难以辨认。有将"晴波"录为"日波""波光","异彩"录为"里彩""野彩","洞"录成"遇","街衢"录成"街衙","征艦"录成"征艋",等等。

2008年8月31日摄

三径桥

三径桥在慈溪市掌起镇巴里村的蒋家自然村,又叫蒋家大桥。单孔石梁桥,全长10.80米,南北架跨快船江。三径桥距离怀德桥300米,两桥不但桥型相同,年代相差也不远,保存也都完好,可称为"姊妹桥"。东栏桥额为"三径桥",西为"古蒋家大桥"。桥东侧两岸紧靠桥台处都有宽阔的埠头。近岸的桥墙上嵌有系船石,可以系带快船上下客。现桥建于清道光二十三年(1843)。《光绪慈溪县志》有载:"三径桥,县西北四十五里,沿海蒋姓下横河。一名蒋家大桥,国朝道光二十三年,蒋元祥重建。"

桥洞两侧包立柱,柱上扣压承梁石,承梁石的两端刻龙首。柱面中间凸起联板,板面平。上雕灵芝挂座,下无钉托。两副都是七言联。一正书、一行书。字阴刻。

东联为:

東西舟楫通餘鎮,

南北行人達慈鄞。

此联对仗工整,方位"东""西"对"南""北",县名"余""镇"对"慈""鄞","舟楫"对"行人",则是水路对陆路。此联是写三径桥的地理位置以及水陆交通的地位。上句"余镇",指余姚和镇海,这里是指姚北和镇北,分别在三径桥的西边和东头,桥下

快船江为东西流向,舟楫可达两地。"慈鄞",即慈溪和鄞县,从地理位置看,鄞县在慈溪的南面,从此桥到鄞县,之间还隔着绵延的翠屏山脉和大片的慈南地块,但因为三径桥是南北架跨,而北边不远是海,所以,陆路以南向为主。这里"东""西""南""北"只是大略的方位。

西联为:

三徑聚會豐且厚,

四水瀠洄曲更長。

此联"三径"对"四水","聚会"对"瀠洄","丰厚"对"曲长",也甚工整。下句不难理解,因为桥边有一条与快船江交叉的南北流向的东直江,三径桥就在两河十字交叉的西侧,所以称"四水"。上句中的"三径",这里虽是桥名,但与蒋家村的蒋姓有关联。蒋姓起源悠久纯正,西周初,周公姬旦的三儿子伯龄,被册封于蒋地(今河南省东南部),建立蒋国。楚灭蒋国后,其后人以国名为姓,这就是蒋姓起源。西汉时,伯龄裔孙蒋诩,为兖州刺史,以廉直著称,后因王莽摄政,借病归隐,舍中开辟三径,只与隐士羊仲和求仲交往,故有"三径"之谓。到了东汉初年,蒋诩的曾孙蒋横,辅佐光武帝刘秀讨灭赤眉有功,官至大将军,后来,他的九个儿子都被封侯。所以,后世蒋氏就以"三径世泽、九侯家声"作为堂联,并成为蒋氏的代名词,一直沿用至今,三径桥的桥名也源于此。

1999年2月19日摄

永安桥

永安桥也在慈溪市掌起镇巴里村的蒋家自然村,距三径桥仅几十步。三径桥又称蒋家大桥,永安桥小,当地人不叫"蒋家小桥",也不叫永安桥,只以"小桥跟"相称。它是一座很小的单孔无栏石梁桥,梁石长仅3.34米,桥架在快船江和东直江交叉口的北侧,桥东是裘家村。此桥虽小,却是快船江北岸的陆路主道。现桥是民国七年(1918)重建。

永安桥朴实无华,但桥门两侧的包角立柱上,仍刻有两副桥联。联板刻法与三径桥一样,板面平,下无钉托,上有灵芝挂座。联字也是一正书、一行书。阴刻,笔画底部平。两副都是七言联,用词恰如其桥,也是朴实无华。

北联为:

輕浮客舫通山崦,
满載農船達海濱。

此联看似写东直江上南北方向往来之船只,其实是交代桥的地理位置。用"轻浮"对"满载","客舫"对"农船","山崦"对"海滨"。东直江在蒋家村东面,向南可通桥上王家、宓家埭等地,与竹山江相交后,直达杜湖的东北角,是杜湖的泄水主道之一,经东直江可直抵南面的山根。旧时,上五磊寺进香的香客也都是坐船从这条江抵达山脚后上岸。慈溪现今的县域,绝大部分都是由海涂围塘而成,历代以来,一步步向北拓垦,所以,从东直江向北,一直可通到海边。从前,太古塘之外是一望无际的棉田,人迹罕至,通过此桥往北的船只,当然只能是农船了。

南联为:

勢鎖夹聯雙岸穩,
影合對時一亭高。

此联写桥之形状,着重写它的联柱。上句是写因为两边桥台有了四根包角立柱,小桥就显得更加稳固。下句写坐船从东直江自南而来,在两江交汇处,水面格外宽阔,贴近水面远看此桥,当立柱的倒影与立柱上下对齐时,桥仿佛就成了一座高挑的亭子。

2008 年 11 月 30 日摄

永兴桥

永兴桥在镇海区庄市街道万市徐村的徐家堰自然村。单孔石梁桥,桥低平,桥面离水只有1.15米,净跨2.52米。现桥建于清道光六年(1826)。桥体保存相当完好,看不到重修的痕迹。

徐家堰村中有一条东西流向的河道,出村向西可与中大河相通。村里村外一里多长的河道上,原先分布有四座古桥,分别为童家桥头、大桥头、小桥头和庙桥头。别看永兴桥小,它却是大桥头。永兴桥位于村河的中段,桥北是傍河的街路。旧时,徐家堰每逢农历单日都有集市,集市那天,沿河街路两边,半里多地都有商贩设摊,特别是永兴桥旁边的祠堂门口,尤为热闹。桥南是长长的屋弄,一直通出村的南头,街与弄一纵一横,永兴桥就坐落在这丁字形的交叉口上。街路与屋弄非常狭窄,不能通车,所以,桥至今未被改造。

此桥小且低,无合适刻联处,桥联只好刻在望柱的外侧。望柱方形圆头,柱高仅0.65米,边长0.33米。有两副桥联,一为六言联,一为七言联,均分成两行刻。联字草体书写,字小。阴刻。

这两副联距今已近两百年,它的联字写于新桥建成时,石新,字口之内填描色漆,尚可辨识。之后,漆褪色,青石望柱因年久长出石苔后变黑,再加上字小、草体,估计很少有人辨识过它。

东联为:

永隔桥前桥後,

興通河北河南。

这是一副嵌字联,将桥名"永兴"两字拆开,分别嵌于句首。联句中的河北河南是方位,而"桥前桥后",则是地名实指。桥的南面叫桥前,北面叫桥后。现在桥北沿河的街路,在门牌上的路名就叫"桥后路"。

西联为:

举足何须问古堰,

涉障全仗此名桥。

"举足"是行走,"涉障"是过河。这副联写出了徐家堰村名的来历。徐家堰村又叫徐家堰头,因为旧时这里有堰头,徐姓村民是清初从余姚陆埠迁入,故名。后来,河流改道,堰头被废弃不用,改建成桥。但地名仍沿用至今,所以才会只有其名,而不见其堰。

2011 年 2 月 28 日摄

南洪桥

南洪桥在镇海区蛟川街道的南洪村。单孔石梁桥，早些年被改建为水泥梁桥，梁上铺设预制水泥板作桥面。桥台为原物利用，只是桥台位置向河岸缩进一倍。桥额无存，民国《镇海县志》上也未录有此桥。

南洪村位于镇海东北的海塘——万弓塘旁边，有泓南、泓北两个自然村。两村得名，是因为旧时这里有一条排水的泓沟通海，这泓沟两旁就叫泓南、泓北。南洪行政村驻泓南，原名南泓，后演变为南洪。万弓塘始筑于宋，南起于镇海后海塘末端的嘉燮亭，向北延伸到澥浦的岚山嘴，"自后海石塘尽处抵蟹（澥）浦，即宋（嘉定）邑令施廷臣所筑土塘之续者"。数百年来，它和后海塘一起，是镇海东北防御海潮的坚固屏障。民国以后，塘外又围塘，万弓塘渐废。二十世纪七十年代末，兴建浙江炼油厂时，需从澥浦运来大量塘渣填海，于是，推平了此塘作为临时运输通道，后改建成公路。万弓塘的内侧，沿塘有一条万弓塘河，南洪桥东西向架于万弓塘河上。

历史上，除了防潮和灌溉作用外，万弓塘和万弓塘河还起过海防作用。镇海是浙东门户，战略地位非他处可比，后海塘即县城的北面城墙，既防潮又御敌，是我国古代少有的城墙和海塘合二为一的建筑。万弓塘与后海塘相连，它在元代崩塌后，至明代屡为海潮冲没，塘内河道淤塞，海寇极易登犯。清康熙十五年（1676），总镇牟大寅召集乡民浚河，用浚河之土加高海塘，"塘高以拦海潮，河深复足以灌田亩，且延袤四十里皆滨海地，今界以深沟高塘，易于守望，寇不能越水飞渡，自此比室皆得安枕，海田变为膏腴"。万弓塘河犹如城墙前的濠沟，不同的是，一般城濠位于城墙之外，而它却在海塘之内，海寇来犯，弃舟登滩，即使越过海塘，仍有万弓塘河所隔。光绪十一年（1885）中法战争期间，甬江口因御敌而封锁，此河还用作运饷通道，统领钱

玉兴率士民再次浚河,"饷道通而塘内之田亩,亦藉以灌溉"(民国《镇海县志》卷四)。

两副桥联刻于桥台转角的立柱上。联板凸起于柱面,上雕寿桃挂座。联字行书,笔画清瘦。阴刻,刻刀斜入,笔画底部尖。联字能全辨,两副都是五言短联。

一副为:

北脈至蟹浦,

南氣達蛟川。

另一副为:

橋便行人利,

水揚田禾長。

字数虽少,但对仗工整,朗朗上口,联意直白而不俗。如联中地名蟹(澥)浦、蛟川,"蛟"可对"蟹","川"可对"浦"。"蟹浦"是实名,而这个蛟川则与鄞西桥联中的"蛟川"完全不一样,它是镇海的别称,这里是指大浃江(甬江)。至于"水扬田禾长",更是点出万弓塘河的灌溉作用。两副联共二十个字,将桥的地理位置、桥下万弓塘河及其作用交代得一清二楚。

联石的镌刻形式颇具民国风格。1921年秋天的一次台风袭后,万弓塘出现多处崩塌,于1923年被修复,此桥很有可能是该次修复万弓塘时重建。至于现存两副桥联的上下句,分开置于桥的东、西两面,推测是改建水泥桥时放错位置了,也可知,桥联在改建时不是刻意保留,而是仅仅作为石料被使用。

2015年9月10日摄

新启闸桥

新启闸桥在镇海区骆驼街道里洞桥村的王家团自然村。王家团已近海,东距海塘(万弓塘)一千米。古时这里是晒盐的盐场,属定海(今镇海)的清泉盐场管辖。以前,盐场管辖的地段称为"团",因这里有王姓聚居,故名王家团。南北分称王家南团、王家北团。新启闸桥位于村子东口,是一座单孔碶闸桥,建于民国十五年(1926)。桥面现已改成水泥板梁,桥栏和桥台仍为原物,且保存完好。桥额刻"新启闸"三字。

两副桥联刻在桥台转角立柱上,柱面凸起弧形联板,板面细平。联板之上雕刻兽面挂座,板下饰一尖垂。联字行书,笔画粗细分明。阴刻,笔画底部浅且平。

北联为:

一水迴環通蟹浦,

三鄉脈絡循蛟門。

南联为:

源分蛟水由西入,

派衍駟橋疏北流。

2020年12月29日摄

这两副联都是写此桥的水系。流经驷桥的东大河向东分出一支，到此闸一分为二，一支出闸向北，一支拐弯向南。新启闸，顾名思义不是古碶重建，而是新建的一座闸门。建此闸时，这里应该已不是盐场而是农田了。此闸的作用犹如内碶，是为了蓄淡灌溉而不是阻咸。"蟹浦"是地名实指。"三乡"是指旧时镇海县甬江以北、澥浦岭以南的东管、西管、前绪三乡。"蛟门"在甬江口之外的海中，这里借指甬江。三乡之水北可从澥浦入海，南面多从镇海城西的涨鉴碶泄入甬江。"驷桥"即贵驷桥，在此闸之西，水从贵驷桥来，向北可流至澥浦。"蛟水"在这里是泛指，可理解为循蛟门的三乡之水。三乡的源水除了文溪、横溪等山水，还有经过慈江而来的姚江之水。其中，东大河是三乡之水中重要的一支，流入镇海城关。

永镇桥

永镇桥在镇海区骆驼街道团桥村的刘家自然村。单孔石梁桥,跨西大河。2001年,桥面改建为水泥结构,老桥台仍予以保留。此桥建造年代不详,民国《镇海县志》录有此桥名,根据桥台的砌法与联字书法、刻法,现桥应该是民国时期重建。

桥台转角柱在桥面改造时被截短四分之一,联句的首字基本都缺失。柱面凸雕弧面联板,板面磨光,挂座形式不明,板下饰莲花板托。南联篆书,北联隶书。联字阴刻,直刀入石,笔画底部浅且平。

南联为:

柳渡人烟密,
□江舟楫多。

上句"人烟"的"烟",即炊烟,有人的地方必定有炊烟,"人烟密"就是居住的人家很多,这非常好理解。"柳渡",一般总被误以为是带有"柳"字命名的渡口,如"桃渡"。此桥所跨的西大河,旧时一直可通至桃花渡(宁波新江桥北岸),桃花渡又称"桃渡"。清同治初年新江桥建成后,桃花渡就不存在了,今仍保留有"桃渡路"。但这里的"柳渡"却不是渡口,它是村名的谐音。刘家村世称"刘杜",因为除了刘家,还有紧邻的杜家。刘姓村民的先祖明初由贵驷桥迁于此,杜姓村民清初由舟山登步岛迁于此。旧时这里属西管乡六都二图,《光绪镇海县志》

和民国《镇海县志》都将村名录为"刘杜"。现在因为村镇几经撤并,刘家并入北面的团桥村,杜家并入南面的尚志村,所以,这两个字就比较难解读了。

北联为:

□□村初合,

□遥路可通。

上句"村初合",就是指上面所讲的刘杜两村合并。句首各两字,一缺失、一风化,应该是与年代有关的词。刘姓早、杜姓迟,杜姓清初迁入时,估计没有村名,后繁衍成族才有村名,但两村合称至少是在清乾隆以后的事,因为《乾隆镇海县志》中录入西管乡六都二图时,还没有"刘杜"这个村名。

永镇桥跨西大河,而南联下句却有"江",这里"江"不可能指西大河,应该是指西大河的源头。结合残联的高度,原先可能是七言联,如"地接柳渡人烟密,水通慈江舟楫多"。推测北联也一样。

2006 年 8 月 27 日摄

西卫桥

西卫桥在江北区庄桥街道的西卫桥村。单孔石梁桥,东西架跨西大河,桥体较大。现桥为清道光八年(1828)重建。西卫桥在早先的镇海志书中未被记载,民国《镇海县志》才录入:"西卫桥,洪氏重修。"西卫桥在西大河上是建得较为考究的一座,所以,自清道光重修后一直没有再修。桥栏特别厚实,达0.27米。栏外侧有精美的雕刻而且南北不同,这种做法在宁波少见。

桥栏两头的四根望柱也特别硕大,圆头方柱,柱高0.96米,边长0.50米。两副桥联刻于望柱外侧,联字一副行书,一副隶书。均为七言联,每句分两行。字阴刻。因石质关系,风化较重,有几个联字很难辨识。

北柱一联为:

西往南來占利涉,

衛風護水慶安瀾。

"占利涉"和"庆安澜"是桥联中常出现的词,"占"指占卦;"利涉",《周易》有"利涉大川",意思是能顺利渡河。"庆安澜"是庆祝水波平静,也含有顺利渡河的意思,此联是赞颂新桥落成。这是一副嵌字联,将桥名拆开分别嵌入联首。此地从前并无村落,仅有田畈中的这座孤桥,因与塘河路相交,以后桥东、桥西才有了一横一纵的两排小屋。"西卫桥"的地名,直到二十世纪六十年代,被用作生产大队的名字后,才演变成村名。联中的"西往南来""卫风护水"之词,在写此桥作用的同时,也点出了它所处的位置。旧时这里地属镇海,是镇海与慈溪两县的分界处,1949年后,行政区划几度变动,如今这里是江北与镇海两区的交界处,桥址也由镇海县的西南隅变成了江北区的东北角了。

南柱一联为:

廻波緑漣魚鱗活,

跨水紅排雁齒齊。

此联是写桥头即景。上句"鱼鳞",这里是形容水波粼粼。下句"雁齿"是桥联中常见的词,原本的意思是指事物的排列像雁行一样有序,后来多用来比喻桥梁的阶石排列整齐。如,唐代白居易《答王尚书问履道池旧桥》诗:"虹梁雁齿随年换,素板朱栏逐日修。"本书所录的联桥,不止一次出现"雁齿"。此联写景,富有诗情画意,上下联对仗工整,以"绿"对"红",以"鱼"对"雁"。上联写水中鱼,下联写水上桥,一红一绿,红绿相映,一动一静,动静互衬。

旧时,桥下的西大河从骆驼桥开始,一路向南,过此桥再经压赛堰、倪家堰到五板桥、封仁桥,直至新江桥附近。河的西岸就是骆驼桥到宁波的大路,用两块石板并铺,据说在抗日战争前,黄包车可以从江北岸沿着西大河一直拉到骆驼桥。慈溪三北一带的人,经澥浦岭过骆驼桥到宁波,必定会从西卫桥旁边走过。近代,随着三北地区的经济蓬勃发展,西大河的塘路上,商贾行旅,不绝于途,即使是三更半夜,也有贩鲜货的小贩,接踵不断,挑着半边街的海鲜,在天亮之前赶往各乡市集。当时,桥西的塘路边还曾有过邮局和药铺。抗战后期,日军建造庄桥机场,西大河与河边的塘路被切断,这里变得冷寂而衰落,只留下这座古桥见证岁月沧桑。

2006年8月27日摄

倪家堰桥

倪家堰桥在江北区孔浦街道百合社区倪家堰村。桥在村子东南角、人民路与环城北路交叉口北面一百米处。原为单孔石梁桥，现已改建，利用原桥台加拼柱桩，桥面现为水泥结构。此桥旧时为鄞县和镇海交界之处，是水陆要冲。桥边有两河交汇。河口向西即倪家堰，水汇入姚江；向南可至桃花渡（今新江桥北堍）的颜公渠。宋淳祐五年（1245），颜颐仲知庆元府兼沿海制置副使，次年，命鄞县、定海（镇海）、慈溪三县县令率民开挖河渠，后世为纪念他，称该渠为颜公渠。从河口向东经前大河可至镇海县城。向北即西大河，直至骆驼桥，可与慈江相通。

桥台转角柱刻两副桥联。现一根联柱缺失，一根柱面已毁，两副联各只有一句字全。柱面凸起联板，联板平。柱石面糙，联板石面细平，顶上雕刻灵芝挂座。联字一副正书，一副行书。阴刻。

南联为：

地接□□□浦，

波漟绿水映颜渠。

2019年8月13日摄

北联为：

□□□□□□□，

慈水遥通滙北流。

联中"颜渠"即上文所说的颜公渠。"慈水"是慈江。倪家堰桥与西面的姚江可以说是近在咫尺，为什么要舍近求远"遥通"慈江呢？因为姚江通海，一天两潮，水是咸的，所以，临江有堰，水不能通。西大河的淡水只能依靠遥远的慈江来补充。

爱登桥

爱登桥在镇海区骆驼街道妙胜寺村的爱登自然村。桥在村东,东西架河,单孔石梁桥,有栏。它是宁波平原地区最为常见的桥梁类型,几乎每个村庄都有这种桥。水乡交通运输依靠船只,为保证桥下通航需要,桥台都砌得很高。旧时,将这种单孔石梁桥俗称为"矮凳桥",因为它的样子很像从前那种四脚斜开、用独块板做凳面的木凳。又因为这种石梁桥有栏,人们把桥栏当凳,坐于栏上歇息,纳凉聊天,所以称它为"矮凳桥"。虽然,宁波矮凳桥不计其数,但是,真正用它来作桥名的,却是微乎其微,且仅为俗称而已。而这座爱登桥,却是用"矮凳"作桥名,村也由桥而得名,"爱登"是桥名的谐音。《宁波市镇海区地名志》有载:"爱登又名爱登老余家,俗称矮凳桥。"《光绪镇海县志》卷四《乡里》载:"矮凳桥,西管乡六都一图,距城陆路三十里,水路三十五里。"可见"矮凳"的确是它原来的名字,后来为了避俗,才改成"爱登"。现桥建于民国三十六年(1947)。

桥台转角包立石柱。柱面雕出弧面联板,板面细,上有铺首,兽面口含挂环,下饰灵芝板托。两副桥联字正书,笔画细。阴刻。

南联为:

爱此風光好,

登臨氣象雄。

这是专门为了桥名而撰的一副嵌字联。联意简单易懂。

北联为:

潮平兩岸闊,

風正一帆懸。

这里"潮平"是指涨潮时的高潮位,所以河面会更阔。这副联出自唐诗。唐代王湾《次北固山下》:"客路青山外,行舟绿水前。潮平两岸阔,风正一帆悬。海日生残夜,江春入旧年。乡书何处达,归雁洛阳边。"这副联是借用该诗中的两句。北固山在江苏镇江的长江边上,山上有三国刘备招亲的甘露寺,是镇江名胜之一。这首诗是王湾乘船沿江而下,在北固山下停留,看到长江景观后有感而作。借诗句作联,在桥联中还是比较多见的,假如将此联镌于跨江的高桥上,并无不妥,但刻于此桥,就有些牵强了。

2008 年 8 月 28 日摄

妙胜寺桥

妙胜寺桥在镇海区骆驼街道妙胜寺村。村因寺名。妙胜寺始建于五代后唐清泰（934—936）年间，始名"永安"，宋治平二年（1065）改"妙胜禅寺"。宋代罗适《重修妙胜寺碑》称其"枕河临道，竹深而林荫，气象洒然"。作为地名，妙胜寺又称妙胜寺市，其地有集市。民国《镇海县志》记为西管乡五市之一："妙胜寺市，二、四、六、八、十日。"妙胜寺桥为单孔石梁桥，南北跨箭港，桥北即妙胜寺市街。箭港东至妙胜寺通中大河，西至大庆桥通西大河，东西向沟通中大河和西大河。

桥联刻在望柱上。望柱近似方形，高0.82米，圆头，柱顶有云纹雕饰。柱宽分别为0.35米和0.28米。宽面刻联，八言联分两行刻。联字正书。阴刻。

现在只有一根望柱的联字可见，村民将这根望柱当作坐凳用。另一根望柱无字的一面朝上，一半浇入桥块斜坡，字不能见。另两根已散佚。这桥的望柱拆下已有

2019年9月16日摄

七十多年，1941 年，日军从镇海登陆后，沿中大河向骆驼桥方向进攻，撤退下来的国民党军队曾经跟日军在这里打过一仗。国民党军队再次撤退时，为阻滞日军行进，将此桥的梁石、栏石拆了。从此，望柱再没有恢复过。现在梁板和桥栏均为水泥，桥台仍是老的。

联为：

□□□□，□□□□；

勝留龍舌，東滙蛟川。

句中"龙舌"，在妙胜寺旁的中大河对岸。箭港自西而来，过了中大河后向东延续，在与中大河交汇处夹成一个锐角，锐角尖顶的河中水面上伸出一条天然的土埂，当地俗称"龙舌"。旁边有村，村名就叫龙舌王家、龙舌沈家。"蛟川"是镇海的别称，也指大浃江（甬江）。中大河水在此东流直至大浃江。

这是一副嵌字联，嵌桥名于句首，称"龙舌"为"胜迹"，所以撰为"胜留龙舌"，上句首字应为"妙"字。民国《镇海县志》记载西管区六都诸桥，妙胜寺桥是第一座。现在当地也有村民说，它是"永胜桥"而不是"妙胜桥"，只要将另一根望柱翻个身，"永胜"或"妙胜"就立时可见。

半练桥

半练桥在镇海区骆驼街道的骆驼村。桥周围有三个小村,西边两个小村被一条东西向的小河隔开,北面是傅家,南面是童家。东边靠南处,有一小村叫蔡家,因为蔡家成村时间最早,所以此桥俗称蔡家桥。半练桥是一座单孔石梁桥,跨西大河,重建于民国二十二年(1933)。西大河的水上交通非常繁忙,所以桥体偏大,桥面长5.40米。旧时,西大河及沿河塘路,是镇海西部地区南北水陆交通的主要通道,从骆驼桥到压赛堰,再至宁波的江北岸。

两副桥联刻在桥台转角立柱上。柱面凸起的联板,石面细平,联板挂环挂于寿桃座,板下饰一尖垂。联字一为隶书、一为正书,笔画粗。阴刻。刻工细腻,刻刀直入,字口尖,笔画底部浅且细平,像是只剥去了一层石皮。

两副联对仗工整,都是七言联。南联为:

禦寇東傳分半練,

濟人南望接團橋。

上句"半练"是庙名。半练庙在桥西堍的北侧,又称蔡家桥庙,照片中能看到一排瓦屋,就是庙的东厢房。故傅家又称蔡家桥庙傅家,童家又称蔡家桥庙童家。《光绪镇海县志》:"东半练庙,六都二图。建于明季,旧称半练庙,后有西半练庙,故加东字别之,神祀唐武春。""御寇东传"

是写为何要将半练庙改称为"东半练庙"的缘由。因为在此桥西面两里的大禅寺港旁边,后来也有一座半练庙,祭祀的是抗倭有功的青浦县令王在宣:"神姓王,名在宣,福建漳浦人,明嘉靖末,由进士官青浦令,因公事过浙境,适值倭乱余炎未靖,神尝指教团练,防御有功,殁后,里人颂其德,立庙祀之"(《光绪镇海县志》)。两个半练庙分祀两神,为了加以区别,就把这里原先的半练庙改称为东半练庙了。"御寇"说的就是王在宣抗倭寇之事。

下句的"团桥",在半练桥南两里,也跨西大河。西大河笔直无弯,沿河西岸是石板铺就的塘路,行人站上高大的半练桥,可以南向举目远眺团桥,故联称"济人南望接团桥"。

北联为:

勝蹟已同祠廟古,

巨工喜繼駱駝新。

上句"胜迹"即半练桥。蔡家村的蔡姓先祖,在明万历年间由福建迁于此地,此桥始建于明,庙、桥同名,所以,联称"胜迹已同祠庙古"。

下句"骆驼"也是桥名,即半练桥北边一里的骆驼桥,它是慈(溪)镇(海)名桥,于民国十六年(1927)花费数千银元重建。半练桥在清光绪八年(1882)曾重建过一次,民国二十二年(1933)再次重建,时间在骆驼桥重建之后,故称"巨工喜继骆驼新"。

这两副桥联的指向特定,联中"团桥""骆驼"是其南北两座名桥。"半练""祠庙"则是桥边的东半练庙。现今半练桥和桥边三村,均被拆迁而不存。

2006年8月27日摄

憩 桥

憩桥在镇海区骆驼街道民联村的憩桥自然村，村因桥得名。单孔有栏石梁桥，桥体颇大，梁面长4.18米，四块梁板并铺，净宽2.35米。现桥为民国二年（1913）重建。

桥台转角立柱上刻有两副桥联。立柱素面无雕饰，石面细平。两副均为七言联，因为立柱高仅1.32米，所以字小笔画细。联字隶书，字无缺。阴刻，笔画底部尖。

西联为：

少憩不妨居近市，

長橋於此影垂虹。

此联是专门为桥名而撰的一副嵌字联，用的是燕颈格，将"憩桥"两字拆开嵌在上下句的第二字位置。上句意思为："你如果感到在这里稍微休息一会儿还不满足的话，那就干脆住到集市旁边来好了。"这是对赶集人说的话。据传，憩桥始建于宋代，位于官塘路上。其南几十步处有一亭，称憩亭，专供路人歇息之用，并有茶会施茶，所以，此桥被称为憩桥。旧时，憩桥村有集市，挑箩夹担赶集之人，路过憩亭时，都会歇上片刻，这景象一直持续到民国初期。后来，因为南面贵驷桥集市的兴起，这里的集市就移到贵驷桥去了。上句中的"市"，就是"憩桥市"，也称憩桥镇，现存于憩亭的光绪三十二年（1906）《憩亭茶会碑》："盖闻憩桥镇古有憩亭，为往来通衢。"下句的"长"字，是为了对应上句的"少"字。"垂虹"多比喻跨水之桥梁。"垂虹"也是苏州的名桥，桥上有垂虹亭，始建于宋。桥有七十二孔，俗称长桥。此联因为用"长桥"对"少憩"，随后才有"影垂虹"，这与憩桥桥形无涉。

东联为：

水跨東西貫鎮慈，

路亘南北從龍虎。

此联是写憩桥的地理位置，用了东、西、南、北四个方位字，上句联意是桥下之水能贯东西，下句是连桥之路可通南北。憩桥在骆驼桥东面六七里处。历史上，骆驼桥曾属慈溪县，现憩桥与骆驼桥之间有村，名叫东邑村，意思就是慈溪县最东部的村。慈溪的慈江，自东向西流，到丈亭与姚江汇合后再折为向东流。明代，为了改变慈江不能直接东流出海、经常发生内涝的现象，在憩桥西面，慈溪借镇海之地开掘了人工河道，称借邑港，到后来，沿港就归由慈溪管辖。所以，在旧时的慈溪地图中，其正东

方有一根细长的"触角"，将镇海县分割成南北两块，憩桥就在这个"触角"上，桥下之水东西流向。下句中的"龙虎"，是遥指东南、西北方向的两座山——虎蹲山与伏龙山。虎蹲山在甬江口外、招宝山东面的海中，扼守着出入甬江的航道，为浙东门户之天然屏障。伏龙山在镇北，孤山高耸，雄踞海边，为海防之险要，龙山之下筑有城池。憩桥是有名的集市，撰联人不引用北面有名的澥浦市和南面的城关，却用了两处海防要塞入联，可能是因为戚继光。据传戚继光抗倭巡视海防时，曾从此桥经过，并在憩亭歇息，憩亭从此就更加出名。

　　东联下句中的"从"字，以前见过的有关憩桥介绍中，都录作"徒"字，可能是引自《镇海区地名志》的缘故。

2008 年 8 月 28 日摄

万安桥

万安桥在镇海区澥浦镇岚山村的殿跟自然村。单孔石梁桥，桥面现已加宽，改成水泥结构，桥名也改为"中星桥"。桥南有一村，原叫"应郑"，有应、郑两姓村民聚居。1956年组建合作社时，取"中星"为社名，后来沿作地名。此桥桥面改造时，遂将桥名也改为"中星"。而这桥其实是属于殿跟村的地界，桥后旧时有一座殿，叫张老相公殿，祭祀南宋末年抗金名将张世杰，因为村子在殿的后面，故村名叫"殿跟"。万安桥位于殿前西侧，南北跨河。桥东近百米处，是以前万弓海塘上的海沙路闸，可泄水入海。此桥建造年代不详，《光绪镇海县志》未录此桥，民国《镇海县志》："万安桥，灵仙桥东。"灵仙桥，也坐落在殿跟通向西边沙河头的这条直港里。

桥台为原物，转角包立柱，柱上刻有两副桥联。因为桥已经临近海塘，桥位低平，立柱特别短。两副都是七言联。部分联字风化严重，需填描以后才能辨认。联字正书。阴刻。

两副都是嵌字联，都将桥名"万安"拆开嵌于句首。

西联为：

萬里行商欣利倍，

安民裕國頌年豐。

此联意为桥造好了，往来无阻，无论务农经商都能得利。

东联为：

萬里海東風信順，

安居鎮北歲維豐。

此联用了两个方位字，指明了桥的地理位置。"海东"，东面是大海，"镇北"是镇

海的北部。"风信顺",古时,出海行船必须依靠风来催帆,风向尤为重要,而风也的确信守承诺,如宁波属于亚热带季风区,夏季盛行东南风,冬季盛行西北风。"信顺"谓诚信不欺,顺应地理天象规律。《易·系辞上》记有:"天之所助者,顺也;人之所助者,信也。"

两副联都是围绕桥名,总的意思是祈求安民裕国、岁稔物丰。颇有乡间小桥的特色。

2010年6月10日摄

聚兴桥

聚兴桥在镇海区骆驼街道朝阳村聚龙房自然村。单孔石梁桥,跨西大河。今此桥已改建,利用原桥台改建成水泥桥。聚龙房村民姓刘,清乾隆间(1736—1795)从村东三里的里新屋刘家迁于此,"聚龙房"是刘姓宗房,以房号名村。聚兴桥在刘姓村民的大屋前,桥名取聚龙房兴隆之意。

改建水泥桥时,刻桥联的桥台转角立柱只截掉顶上的一部分,挂座存一半,联字全存。但末尾一字因长期浸没于水,不能见。柱面凸起联板,顶饰灵芝挂座。联字行书。阴刻,笔画底部平。

南联为:

月照虹梁風帆口,

雲開棧道水陸口。

"虹梁",即桥。白居易《答王尚书问履道池旧桥》有"虹梁雁齿随年换,素板朱栏逐日修"之句。"栈道",原指在悬崖绝壁上凿孔架木而成的道路,这里也是比喻桥。桥下西大河水,源自慈江化纸闸,至骆驼桥分流向南北。聚兴桥在骆驼桥北,

2020 年 3 月 14 日摄

向南过骆驼桥可直至宁波新江桥北岸。"月照""云开"是日夜,比喻西大河船只航运之繁忙。

北联为:

入門可見船身□,

登岸方知水體□。

此联有民国早期白话文的味道。"入门""登岸",因刘姓大屋临河,桥对着大屋,故这样使用。此桥建造年代不详,从桥台形式看,推断应该建于民国时期。

海沙路闸桥

海沙路闸桥在镇海区澥浦镇岚山村的殿跟自然村。海沙路闸在万弓塘上，万弓塘起自后海塘，止于澥浦，长三十五里。海沙路闸是前绪七庄之水出海口，民国《镇海县志》有载："海沙路闸。一都，明时建。南垛属二图，北垛属一图，额设闸夫一名。乾隆志。是闸为前绪七庄水道入海之冲要，日久毁圮，光绪间里人陈曰稿、绍唐、刘孝恩募集巨赀重建，岁余始克告竣，自此远近数十里得免水患。"海沙路闸在改建公路时，外侧拼宽，保留了原先两座闸墩，桥面改为水泥板梁。

闸墩为叠石墩，凿有碶槽，两头包立柱，柱上刻联。今外侧一副联被拼宽的墩遮盖，已不能见，只存内侧一联。柱面凸起联板，石面磨光。联板之上有兽面挂座。联字楷书，阴刻。

七言联，上句句脚一字被水没，下句句脚一字露出一点，像"宀"。联为：

源流隱接姚江□，
氣象平吞瀚海□。

"姚江"，万弓塘外原来是海，塘内的淡水也源自姚江。姚江水从丈亭三江口入慈江，到这里已是末梢，曲折遥远，故称"隐接"。

2010年6月10日摄

镇宅南安桥

镇宅南安桥在镇海区骆驼街道的清水湖村。单孔石梁桥,无栏,南北跨河,民国三十二年(1943)重修。后因梁石裂,石梁改换为水泥梁板,两头老桥台被保留下来。

两副桥联刻在桥台的转角立柱上,柱面雕饰联板,挂环衔于铺首的兽口中。东联正书,西联行书。字阴刻。因为桥台四角沉降略有不同,立柱稍有高低,每句的最后一字,有两个字长期没入水中,不过,不影响读联。

东联为七言联:

镇宅榮光照萬古,

南安瑞彩垂千□。

这是一副嵌字联,但只是将桥名"镇宅南安"两两拆开,嵌于短联"荣光照万古,瑞彩垂千秋"的前面,若将它用于任何一座桥上,也无不可,如村中还有一座镇宅西安桥,只要换掉一个"南"字,此联也同样适用。"千秋"对"万古",下句最后被水浸没一个字,推测应该是"秋"字,合平仄。

西联为八字联,联为:

南跨雲鰲,恬波誌□;

安横玉蝀,順軌呈祥。

西联也是一副嵌字联,这次是将桥名"南安"两字拆开,嵌于句首。"云鳌"对"玉蝀",是联中两个关键词,鳌是传说中海里的大龟或大鳖,"云鳌窟空"一般用在形容旧时科第高中,如"海中空却云鳌窟,月里都无丹桂枝",就是所谓"擒鳌折桂"。而在这副联里,则是指云鳌窟,指大海,形容河面之宽阔,"云鳌""恬波",意为大海般的

河面因为有了此桥而变得波澜不兴。下句"蛛",即"虹蛛",是天上的彩虹,"玉"是形容石砌,所以,"玉蛛"就是石砌的彩虹,指桥,如北京城内著名的北海大桥,旧时就叫玉蛛桥。"顺轨"是指循着轨道而行,"顺轨呈祥"见于前蜀杜光庭的《五星谯词》:"五辰顺轨以呈祥,万类承风而纳福。"以后,"顺轨"一词在桥联中也时有所见。所以,"虹蛛""顺轨",意思就是新桥建成之后,往来两岸,从此就有固定的道路可循了。"呈祥"对"志禧",下句最后水没一字,应该是个"禧"字。

总的来看,这两副桥联,像是新桥落成时收到的贺联,联意泛泛,无特定所指。

镇宅南安桥,也叫南安桥,俗称南河桥。民国《镇海县志》中,录有清水湖古桥四座,分别是北安桥、南安桥、东安桥、西安桥。清水湖村中央有一条河,东西向穿村,旧时沿河有街市,叫清湖街,河上有东安桥、西安桥。西安桥始建于明代,现桥虽曾改建,但仍是传统石梁桥形式,桥名刻"镇宅西安桥"。清水湖村南也有一条东西流向的河道,叫南河,南安桥架于其上,所以俗称南河桥。南河桥历史应该不会短于西安桥,在《乾隆镇海县志》中,清水湖连一座桥名也没有录入,却有地名"南河桥",清水湖有清水湖村、南河桥村,就是后来的南河村。至于桥名之前的"镇宅"两字,想必是后来重修时添加上去的。清水湖自清朝中期以后,陆续建起了几幢大屋,如前大屋、中大屋、后大屋、启家大屋等,"镇宅"应该跟这几幢大屋有关。

2015 年 9 月 8 日摄

达蓬桥

达蓬桥在慈溪市龙山镇达蓬村的孙家自然村。单孔石梁桥，跨门前河，旧时这里属镇海县。孙家村南面，是慈东最高的大蓬山，又称达蓬山，《宝庆四明志》载："秦始皇至此，欲自此入蓬山，故号达蓬。"桥名就依此山得名。据传，秦始皇遣徐福东渡日本，出发地就在达蓬山，附近还有许多有关徐福的遗迹。历史上关于秦始皇东临达蓬山的诗文有不少，志书也有录载。这座达蓬桥始建年代不详，志书无录载。现桥为清宣统元年（1909）重建。

桥台转角包立柱，柱上刻联两副。柱面凸起联板，板面平。板顶雕刻兽面挂座，板下饰尖垂一个。联字行书，字较大。阴刻。两副均为七言联。

南联为：

中流窖水三千丈，

上達蓬山幾萬重。

这副是写桥的地理位置，并将桥名"达蓬"嵌在下句。上句"窖水"，即窖湖之水。窖湖又称沈窖湖，是三北地区海退陆进时期形成的一个潟湖。窖湖的位置在孙家村南面，孙家村与达蓬山之间。达蓬桥下的门前河之水就来自窖湖，故称"中流"。下句写从桥上经过可以登达蓬山，但要走"几万重"，这与上句的"三千丈"一样，都是夸张的修辞。

北联为：

受書宜仿留侯跡，

題柱愧無司馬才。

此联上下两句，分别是"圯上受书"和"相如题柱"典故。"圯上受书",《皎碶桥》出现过；"相如题柱",《皎碶桥》《永丰桥》出现过，这两个典故都与桥有关，常见于桥联。"宜仿"是撰联者非常赞赏张良在圯上受书时尊重老者的行为举止。"愧无"称自己的才学没法跟司马相如比。与永丰桥的"题柱人来司马才"比起来，撰联之人要自谦得多。

2008 年 8 月 31 日摄

西桥头

西桥头,也称西桥,位于慈溪市龙山镇王家路村。单孔石梁桥,桥在村中,与桥相连的两头路叫大房路。现存桥已进行过改建,桥面降低,石梁改成水泥板梁,但桥台仍为原物。原桥建造年代不详。

两副对联刻于桥台的转角立柱上。柱面中间凸雕成联板状,联板挂座已毁损,板下饰有一尖垂。联字完好不缺。字正书。阴刻。

北联为:

南接靈湖源發遠,
北臨滄海澤流長。

这副联的联意不难理解,是写桥下之水的来龙去脉与桥的地理位置。上、下句首用了"南""北"两个方位字,点明此桥的位置。上句的"灵湖",古时称灵绪湖,在此桥西南五里外,它与上篇的窖湖一样,也是海退后形成的沿山潟湖。历史上,这里一直属于镇海,1954年才划归慈溪,从镇海建县起至民国的千余年间,管辖这里的乡名以灵湖为名,叫灵绪乡。现在的王家路村距离海岸(杭州湾)有十几公里,海岸是历代持续围垦形成的,早先的海塘(当地人叫官塘)就在此桥北面一里外,所以,下句称其"北临沧海"。至于上、下句末的"远"和"长",那是撰联的夸张修辞。

南联为:

往來無藉乘輿濟,
深淺何勞屬揭行。

此联对仗工整,"往来"对"深浅","无藉"对"何劳","乘舆"对"厉揭"。上句"乘舆",经常出现在桥联上,指的都是战国时期郑国子产用乘舆济人这件事,上升永济桥联也用到过。"往来乘舆济",就是乘车过河的意思。下句"厉揭"两字,意思是涉水。穿着衣裳泅水过河的叫"厉",提起衣服蹚水过河的叫"揭"。语出《诗·邶风·匏有苦叶》:"深则厉,浅则揭。"司马相如《上林赋》有:"其北则盛夏含冻裂地,涉冰揭河。……,径峻赴险,越壑厉水。""深浅厉揭行",指直接涉水过河。新桥造好后,过河如履平地,不用借助车舆了,更不须蹚水泅渡,所以,上句加了"无藉",下句加了"何劳"。此联既是表达新桥落成之喜悦,又包含着对造桥功德的赞颂。

2011 年 8 月 25 日摄

永新桥

永新桥在慈溪市龙山镇新东村,又称下新桥,因为它的上游有一座上新桥。桥坐落在东蔡与双家堰两个自然村之间的田野上,东西跨河。单孔石梁桥,净跨3.60米。《光绪镇海县志》仅录桥名。民国《镇海县志》有载:"永新桥,道光十八年(1838)重建,今补。"桥面高度现已降低,改搁水泥板作梁,两头台阶改成坡道。

桥台的转角柱上刻有两副桥联,均为五言联。柱面中间凸起弧面联板。顶上的挂座雕饰已在桥面改动时截去。联字行书。阴刻。

南联为:

湖水來東蔡,

雲山擁北鄉。

上句"湖水",即灵湖之水。灵湖水从两里外的灵湖堤下的东蔡村出来,流经此桥以后,灌注北乡。下句"云山",指四明山的余脉翠屏山。翠屏山自西向东横亘在三北平原的南部,永新桥东南方的达蓬山和西南方的五磊山,时有云雾缭绕。此联是从桥上向南观景之联。

北联为:

路出澤山嘴,

船歸松浦頭。

上句"泽山",在今徐福村,离此桥不远,为南宋大儒黄震隐居处。元代,学者建泽山书院于其地祭祀他。《光绪镇海县志》:"泽山,县西北九十里,旧名枥山,宋吏部郎官黄震以不雅改今名。黄公,德祐初弃官归隐就山之南,筑室以居,名'泽山行馆',

榜所居室为'归来之庐',环植松菊,林泉潇洒,为一方胜览。"下句"松浦"是三北地区通杭州湾的一条主要河流,是旧时慈溪与镇海两县的界河。松浦南北流向,与东西流向的快船江十字相交,它是三北地区的一条重要水上通道,此桥距松浦仅两三里之遥。这副联是写永新桥所处的水陆交通位置。

2011年8月21日摄

仁美桥

仁美桥在慈溪市掌起镇任佳溪村的灵龙宫前。单孔无栏石梁桥,梁石长 6.13 米,面宽 1.96 米。它的梁石长度为慈溪现存古桥之最。《光绪镇海县志》载:"灵龙宫,五都一图,在任家溪,祀石陡龙神。向在沙湖庙内附祀,道光年间于庙东南隅又建龙宫,祈祷甚验。"桥应该与灵龙宫同建。旧时,溪水由西向东流经村子,过了此桥后注入灵湖。如今,灵湖成了水库,库堤阻断溪流,水变成反向西流,这里水位抬高成了河的末端。平时,视水质好坏由泵站隔堤抽水,补充清水。

虽然是一座溪桥,桥台立柱上仍刻有桥联,东西两侧所刻是同一副联。桥下溪床变河后,七言联平时只能看到上面的五个字。柱面凸起联板。联板面平,顶上饰灵芝挂座。联字行楷书写,字较大。阴刻。联为:

狮象山分成秀色,

溪湖水合拱神居。

这是一副特定的写景联,联意明了。上句中的"狮象",分别是两座山,狮山和象山。狮山在南,象山在北,中隔灵湖,一高一低,遥相对峙。狮山是村子的东南屏障,

2008 年 12 月 7 日摄

抬头即见，如雄狮卧伏。象山较低，现在要爬上离桥几十米外的灵湖大堤，才能见到。象山是一条狭长的低丘山脊，从北向南伸入灵湖，当地人形象地称它为"象鼻头"。

下句中的"溪湖"，就是指任佳溪与灵湖。流经村子的这条溪，由村南边东西两岙（即大岙底和石洞）的溪水汇成，东流注入灵湖，原叫任家溪，

由任姓村民聚居于此而得名。后因溪水清澈如碧，改溪和村名为任佳溪。灵湖又称灵绪湖，是古代三北平原成陆时形成的潟湖，湖虽不大，但风景秀丽，旧时属镇海县。镇海七乡之一的灵绪乡，就是以它命名。仁美桥即旧时任佳溪注入灵湖之处。句中"神居"是灵龙宫。灵龙宫内供奉龙王，遇天旱之年，四乡都要来此祈雨，宫建于清道光年间。宫西北面，隔一条小弄，即旧志所称的沙湖庙，它是灵龙宫的前身。

永济桥

永济桥在北仑区小港街道方前村的长山桥自然村。三孔石拱桥,横跨小浃江,全长 40.10 米,中孔净跨 8.80 米,边孔 6.60 米。永济桥始建于北宋熙宁六年(1073),称小浃江桥,宋《宝庆四明志》中已见记载。桥建成时,镇海江南四乡的大片土地尚未开发,其中灵岩、泰邱、海晏三乡还属于鄞县,四年后的熙宁十年(1077),才划归镇海。此桥建成不久即毁,直至四百年以后的明成化七年(1471),再建石桥。现桥建成于清康熙九年(1670)。

永济桥桥面无台阶,两头缓坡上下,这在宁波平原石拱桥中比较少见,这也与此桥的地理位置及作用有关。现立于桥南亭中的明万历三十年(1602)《重建长山永济桥记》碑:"长山孔道,内则四乡,外则三戍,游徼铺驿,官军商贾,辐辏往来,宵旦不绝。"旧时,镇海城外共有七乡,这里的"内则四乡",即甬江以南的崇邱、

1998 年 12 月 26 日摄

灵岩、泰邱、海晏乡。"外则三戍",指穿山(后所)、郭衢、大嵩三个千户所,三所都隶属定海卫指挥使司(镇海明代称定海)。县城与这四乡三所的联系,都有赖于此桥,此桥是古代镇海南部的交通要道。永济桥是小浃江上唯一的桥梁,过永济桥后翻越孔墅岭,可至穿山等三所,故于海防尤为重要。原先桥南石碑所刻,是浙江参政庄一俊在明嘉靖十九年(1540)讨伐海寇时写的一首军旅诗,即佐证。现存万历三十年(1602)重建永济桥碑记,就是在庄一俊的诗碑背面镌刻的。

  此桥联柱石上面的长系石露头,未经雕琢,为素面圆头。四根联柱的石色不统一,柱面风化严重,尤以下部为甚。因为此桥建成时,桥的上下游还没有建造燕山碶和义成碶,海水可以随海潮一直上溯至桥下,所以,它的联柱石是宁波桥体中风化腐蚀最严重的。联柱素面,字较大,采用双勾线刻。而且,四根联柱上的文字都相同,为"南無阿彌陀佛",这在宁波是个孤例。在宁波,石拱桥凡是置有桥联石的,一定刻有桥联,显然,这几个字不能被称为桥联。虽然它不是桥联,却是宁波现存石拱桥联柱石上最早的字刻。

义成碶桥

义成碶桥建在北仑区戚家山街道蛟山公园南头的小浃江上。始建于清嘉庆二十一年（1816），有15个碶孔，全长32米，是当时浙东最大的碶桥。中华民国二十四年（1935）、新中国成立后的1962年曾两次改建加宽。

两块刻有桥联的石碑，贴立在南面的水泥栏外侧，正反两面各刻有一副桥联。桥联石采用碑石的形式，在宁波仅此一例。碑石四周饰素框，石面细平。联字楷书，阴刻。一副为十言联，一副为二十言长联，均分成两行刻。

两副联撰得大气磅礴，即便从未到过此碶，赏析此联也能领略到此碶之气势。

内侧一联为：

傍蚶岙以奠基，风波永息；
并蛟门而划界，泾渭攸分。

"风波永息""泾渭攸分"，义成碶建成以后，阻咸蓄淡，碶门内外泾渭分明，外浊内清，恶风再也不能催起浊浪。上下句分别用了"蚶岙""蛟门"两个地名。蚶岙在碶的东面。碶东两里处有一座蚶山，蚶山与门城山、望湖山、乌岩山一起，围成一块半圆形的岙地，旧时就叫蚶岙。小浃江在岙口外

自南向北奔流而过。从前，蚶岙有蚶岙庙，祀汉代马援，如今已成高楼林立之地。蛟门在此碶东北十多里的海中，古为天险，称"蛟门虎蹲"。宋《宝庆四明志》载："蛟门山。县东四十里，一名嘉门，其山环锁海口，出蛟门则大洋也。"指的是现在小港东北突兀海岸的杨公山及海中的大黄蟒、小黄蟒、中门柱、三块岛等诸岛礁，蛟门即诸岛之间的水道，外海来的船舶在穿过蛟门之前，根本看不见甬江口在哪里。正因为蛟门山是镇海的天然屏障，所以，旧时镇海也被别称为蛟门、蛟川。在义成碶旁边建于1988年的公园，也命名为蛟山公园。联中"蚶岙""蛟门"两个地名，虽非如联中所称"傍、并"那样近，但也已经点明碶的大概位置。如前所述，方志一般不会录桥联，而此碶却是例外。义成碶有一联见录于《光绪镇海县志》："义成碶，三都，小浃江之右。里人胡钧、乐涵建。长十余丈，为洞十五，规模宏敞。碶上两石柱刻：'傍蚶岙以奠基，风波永息；定蛟关而划界，泾渭攸分'二十字。"只是其中有两字不同，"并蛟门而划界"录为"定蛟关而划界"。

外侧是一副二十言长联。联为：

萬竈樂爲農，靈岩鄉、泰邱鄉、海晏鄉，惜不共沾美利；

三邑通其水，五鄉碶、東岡碶、堰山碶，至此獨障狂瀾。

下句"三邑"是指镇海、鄞县、奉化三县。"水"是小浃江。小浃江流经五乡碶、小港至镇海口入海。鄞县东南，包括奉化的部分河流都是通过它分流出海，故涉及三

2017年2月14日摄

县。小浃江的"浃"字,在《辞海》注为:"浃口:即浃江口,今浙江省甬江古名浃江,自宁波市东北流至镇海入海。"它不像"峡"字那样注为:"两山夹水的地方,多用作地名。"可见"浃"是个专用字,此处专门作水名用于浃江。甬江古称浃江,又称大浃江,与大浃江平行、从镇海口入海的另一条江,就是小浃江。两江之间夹着一块长长的陆地,这就是"浃"字"两水夹地"原本字义。

小浃江通航贸易要比甬江早得多,秦朝以前就有海船自小浃江上溯至宝幢同岙的背面山下,进行贸易,该山名就叫"贸山"。鄞县在秦朝时称鄮县,据传,县名就是以贸山的"贸"字加偏旁"邑"而来的,县治就设在同岙。贸山后来也被称作鄮山,唐代《十道四蕃志》载:"鄮山,以海人持货贸易于此,故以名山。"所以,在如今宁波市区三江口一带还是荒滩涨涂时,小浃江的鄮山下却已是帆樯云集了。

宋代以后,小浃江流域的农垦开发加速。明嘉靖三十五年(1556),在五乡碶下游二十里,建造东岗碶。清嘉庆十三年(1808),又下移十里建造堰山碶;二十年(1815),再下移十里建造义成碶。义成碶已近海口,至此,世世辈辈以晒盐为生的盐民,再也不受卤碱之苦,"万灶乐为农",小浃江沿岸一带也逐渐成了农耕富庶之地。

自北宋熙宁十年(1077),灵岩、泰邱、海晏三乡由鄞县划归定海(今镇海),直至清末,镇海之江南地区有崇邱、灵岩、泰邱、海晏四乡。但是,小浃江只流经四乡中的崇邱一乡,其余三乡被灵峰山隔开。义成碶的水利,其余三乡却不能受益,所以才有联中"惜不共沾美利"之叹惜。

此联采用排比的修辞手法,一连用了五乡碶、东岗碶、堰山碶,灵岩乡、泰邱乡、海晏乡等六个地名,又暗含镇海、鄞县、奉化三个县名。上句句首的一个"万"字,烘托出义成碶"独障狂澜"的磅礴气势。

五马桥

五马桥在北仑区柴桥镇的沃家村。《光绪镇海县志》载："马家桥，嘉靖志入泰邱乡三都。案，乾隆志入海晏乡二都。旧名骢马桥，系沃频建。乾隆间重修，今名五马桥。"现桥为三孔厚墩水泥桥，东西横跨芦江，中栏两端立有四根水泥灯柱，柱下部外侧分别刻"中华民国三十七年十月""柴桥建设协会捐资重建"，可知水泥桥建于1948年。中孔和两个桥墩，仍为当年的原物。桥墩硕大，墩宽3.15米，用规整的长条石砌成。墩两头的表面水泥应该是后来改建时所为。

桥墩的水泥镶面上，向内凹饰四条长形联柱。刻桥联两副，均为七言联。字阴刻。北联为：

笔山遥映虹千尺，

芦水长流月半规。

此联是写景。对仗工整。"笔山"对"芦水"，"千尺"对"半规"，山对水，直对圆。上句的"笔山"，指的是正笔山。正笔山在五马桥之北，离桥不到一里。它是一座平原之中孤立的低山，高约三十米，形状如同一只倒覆着的饭瓿，故又称饭瓿山。取"饭瓿"的谐音，现在称其为万景山。"正笔"的名字，取自唐代柳公权谏穆宗之语："用笔在心，心正则笔正。"从前，正笔山山顶建有文昌阁，山下是芦江书院，"正笔卓天"是

   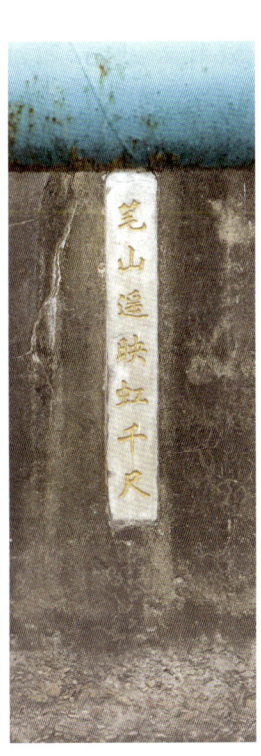

旧时柴桥十景之一。"虹千尺"当然是夸张手法，比喻五马桥。下句的"芦水"，就是芦江，也称芦江河，发源于瑞岩，并受九峰山、双石人山等诸溪水，流经柴桥后，从穿山碶入海。"月半规"指半个月亮，一般用来形容拱桥，这里也是比喻五马桥。

桥联一般都无落款、无署名，所以很难确定是何人所撰。此联则不然，虽然桥联实物上没有刻名，撰联人却有据可查。因为撰联者本人有文章传世，并详记撰联之经过。此人是杨人模。桥联撰于清嘉庆十一年（1806），他在《正笔山记》中写道："前朝侍御史沃文渊公所建五马桥，就圮。嘉庆丙寅，钟君上达、胡君耀南鸠众资而重修之，属（嘱）余为柱联。语桥与山与书院鼎足而立，周围不过半里许。爰即景占一联，曰：'笔山遥映虹千尺，芦水常留月半规。'因有触于山名，故复为此记"（《光绪镇海县志》）。现存之桥联，下句"长流"，音与"常留"虽近，而意不及，当为后世讹传所致。

南联为：

曾经水陆几千路，

特建东南第一桥。

此联何等的气势，区区柴桥之地，怎么会有这等雄镇一方之傲气？传说，这副联是沃頖建造骢马桥时所撰。沃頖，字文渊，桥边沃家村人，明成化二年（1466）进士，官监察御史。仕途起起落落，巡按江西时被诬陷而贬为内乡知县，后在知荆州任上丁父忧归乡，遂隐而不出，故他可以写"水陆几千路"。但是，"东南第一桥"，恐怕与

2011年8月24日摄

始建时的骢马桥很难相称了。之前猜测此联可能是建水泥桥时所撰,因为民国时期的柴桥已经相当繁华。穿山半岛北面隔海与舟山群岛相望,柴桥地处半岛沿海的中部。宋代,王安石当鄞县县令时(当时地属鄞县),已在这里筑碶开发。清代,《乾隆鄞县志》录为"柴桥镇"。道光年代初,陈景沛的《镇海县志稿》称:"柴桥市,一、六有大市,三、八有小市。"近代,这里商贾云集,店铺林立,成为镇海东部首镇,有"小宁波"之誉,多位"宁波帮"人物就出自柴桥。水泥桥建于1948年,由柴桥建设协会捐资重建,从当年的老报纸中,还可找到柴桥建设协会关于改建镇区街道的消息。作为一个镇,柴桥当时的繁荣程度可略见一斑。称"东南第一桥",说配也能配。然而,查民国《镇海县志》:"五马桥。在正笔山前,旧名骢马桥,明御史沃频建。乾隆间重修,易今名。桥柱有联云:曾经水陆几千路,特建东南第一桥。……"《民国志》纂于民国二十年(1931),时间早于水泥桥,桥联已经被录入,可知桥联还真不是改建水泥桥时撰的。

这两副桥联,后来修桥时重新刻过,因为联中用字都已是简体字了。

通济桥

通济桥即余姚老江桥。三孔石拱桥，拱券采用纵联分节并列砌置，桥长 44 米，中孔净跨 14.20 米。桥南北跨姚江，雄踞浙东，是宁波的一座名桥。《中国古桥技术史》录载我国古代石拱桥 163 座，通济桥不但被列于其中，而且两列其名（位列第二十四的江桥和位列第六十二的拱桥），虽然是重复误录，但也足见通济桥在我国桥梁建筑史上的地位。通济桥于 2019 年 10 月 19 日被公布为第八批全国重点文物保护单位。

近千年以来，通济桥的作用对于余姚来说是无可替代的。余姚立县于秦始皇二十五年（前 222），城池始建于东汉献帝建安五年（200）。宋、元、明又多次兴建，才形成规模。南门称齐政门，临姚江。明嘉靖三十五年（1556），倭寇犯浙东，"慈溪遭倭祸独惨，余姚次之"。为防止倭寇再次来犯，次年，增筑南城，从此形成两城夹一江的格局。南城的北门称北固门，与北城南门齐政门相对。通济桥在齐政门十步外，架于姚江上，连通南北两城，呈现"一桥挑双城"的雄姿。

通济桥始建于北宋庆历年间（1041—1048），初为木桥，名德惠桥，后又改名为虹桥，屡毁屡建。到元至顺三年（1332），始建三孔石拱桥，定名通济桥。清雍正四年（1726）桥塌，七年（1729），由知县逐级呈报，全县按照当年的田赋加征十分之一作为重建资费。由官府出面按田赋摊派建桥，这可是特例，所以，雍正九年（1731）桥

建成后，除了当时非常有名的文人胡天游撰碑记外，闽浙两省总督李卫、宁台道台孙诏、余姚知县叶煊文，三级地方主官也都亲自为这次重建撰写了碑记。

古代，从宁波三江口的桃花渡逆姚江上溯，沿途百余里无桥，沟通两岸皆靠舟渡，通济桥是第一座跨姚江石桥，所以它有"浙东第一桥"之称。东面的桥额"浙东第一"，虽经数百年风霜剥蚀，仍依稀可辨。因为海船可直达桥下，桥又高大，《乾隆余姚志》载："江桥傍有碑云'海舶过而风帆不解'，其高大可见，今名通济桥。"

联柱石雕琢精细，柱面中间内凹，四周凸起成框。框之上雕饰荷叶头，但均已风化难辨。联字下面的框内浅雕莲花座，尚好。联字双勾线刻，采用压边隐起刻法，笔画有圆润丰满感。两副都是七言联，对仗工整、平仄协调。

东联为：

千里遙吞滄海月，

萬年獨砥大江流。

宁波现存的桥联，若论气势，很少有盖过此联者。上句"沧海月"是形容桥孔的形状，而且，更为夸张的是，它还是从千里之外"遥吞"来的。本书前面介绍的桥联中，用月亮形容拱桥桥孔的已有不少，有"半月""半规""半奁明月""月印圆"等等，但都不如这"沧海月"来得有气势。姚江通大海，通济桥下的江水受到潮汐影响，潮起潮落，一吞一吐，这个"吞"字用在此处，极佳。下句"独砥"，是形容通济桥犹如万里

1998年9月26日摄

黄河中的砥柱山。砥柱山突兀在黄河三门峡中,任凭数亿年黄河激流冲刷而屹然不倒,所以"中流砥柱"名闻天下。千年以来,百余里的姚江上仅有通济桥一座石桥,故有此比喻。古人以"沧海月"入诗,如,李商隐《病中闻河东公乐营置酒口占寄上》:"只将沧海月,长压赤城霞。"以"大江流"入诗,如,杜甫《旅夜书怀》:"星垂平野阔,月涌大江流。"意境雄大。这副联用"大江流"对"沧海月",再添上"遥吞""独砥""千里""万年",更是字字皆气势。旧时,登上通济桥顶,视野豁然开阔,南北两城尽收眼底,诵此桥联一遍,胸中自有豪气上涌。

西联为:

一曲蕙蘭飛彩鷁,

雙城煙雨臥長虹。

东联上句用了一个"吞"字,下句用了一个"砥"字,一动一静。西联也如此,上句用了一个"飞"字,下句用了一个"卧"字。上句"曲"是弯曲,形容姚江。"蕙兰"即姚江,因为古时姚江边蕙兰丛生,所以姚江又分段别称为蕙江、兰江。《光绪余姚县志》载:"余姚江,又名舜江。江桥西,旧产蕙,亦称蕙江焉(万历府志)。过兰墅桥,分为兰墅江(康熙志)。江水随潮涨缩。"宋代洪炎《姚江》诗有:"蕙兰花发鲤鱼肥,漠漠澄江柳絮飞。""彩鹢"这里借指船,鹢,水鸟。古代,人们经常会在船头上画鹢,并着以彩色。下句"双城"即余姚南北两城。我国古代的县城,临水而筑的比比皆是,但一般都是单面临水,像余姚这样夹水构筑双城的极为少见。姚江流经县城时,一分为三,形成"三江夹两城",兰墅江(最良江)、舜江、候青江将南北两城夹于中间。"长虹"比喻通济桥。通济桥北头抵北城南门,南头抵南城北门,"一桥挑双城",称得上是我国古桥之伟观。"一曲蕙兰""双城烟雨",读这副联,视角更高,有从桥西的龙泉山上居高临下俯瞰此桥的视野。

通济桥这两副桥联,大气磅礴,联如其桥,是宁波桥联之佼佼者。

季卫桥

季卫桥在余姚凤山街道季卫桥社区。五孔石拱桥，南北架跨候青江。候青江古时叫后清江。元代方国珍割据浙东时，扩建余姚城，北面的城墙一直扩抵至候青江边。季卫桥原名候青桥，因为它正对着余姚北城门——候青门，故名。始建年代无考，于明万历二十年（1592）、清乾隆十八年（1753）两次重建。后一次重建时桥位向东移了二十丈，从此，出候青门先要一折，沿岸向东再一折才过桥。道光十五年（1835）由叶樊再次重建，将原来的三孔改建为五孔。叶樊，字季卫，现在的桥名是为了纪念他而在民国十一年（1922）重修时所改。季卫桥是宁波现存唯一的五孔薄墩联拱石拱桥。

这种桥型，宁波曾经还有过两座，一座是奉化方桥，建于乾隆三十五年（1770），光绪二十七年（1901）塌，存世131年。另一座是鄞东的大嵩桥，建于民国十二年（1923），1974年改建公路桥，存世才五十一年。季卫桥至今已逾180年历史了。

五孔设四道间壁，联柱石上刻四副七言桥联。中孔的联柱，用凸起的半圆双线框围成联板，上有灵芝挂座，底下饰灵芝板托。边孔的柱面凸起联板，板面平，下无板托。联字楷书。阴刻。

因为石质的原因，联石风化非常严重，石面剥损。所有能辨的字（包括残字）合起来也仅有一半，最完整的是中孔东联，中孔西联只剩下部分几个字。

清和天濟行人爽，
寧靜地家立馬安。
□□江于來去候，
□□□上地天青。

这两副都是专门为桥名而撰的嵌字联。道光十五年（1835）重建此桥时，曾起过新的桥名叫清宁桥。现仍可见中孔桥栏下面的两边桥面石正中桥额，东刻"清宁桥"，西刻"候青古渡"。东联将"清宁"两字嵌于句首，用的是鹤顶格。西联则将"候青"两字嵌于句末，用的是凤尾格。新名旧名一前一后，用意颇深。

次孔两副联仅有少许几字可辨。

□□□□臨漁舍，
□□□□□□□。

□□□千载□,
　　陆□□汤水行□。

联中的"渔舍",并不是渔夫居住的普通茅舍,而是余姚候青门外的一处古迹。《光绪余姚县志》载:"后清渔舍,在后清门外,杨瑀隐居。康熙志。案:后清,乾隆志作候青。"后清渔舍是元、明之间杨瑀的隐居处。杨瑀与他的两个兄长杨燧、杨瑛,皆有文才,都做过学官,又都归隐于姚北,人称"三杨"。杨燧,余姚州学官,因南北盗起,避梅川乡隐居。杨瑛,庆元路学正,随后也隐居陈山。杨瑀,官缙云教谕,"居县北郭,结庐临江,榜曰'渔舍',与黄溍、戴良、宋僖等唱和"。所以,联中"渔舍"乃是指杨瑀隐居处的门额。

《光绪余姚县志》录有宋僖《五月十日杨灌园留饮后清渔舍》诗,写杨瑀留其畅饮于渔舍,"长怀载酒望君来,梦里寒花一夜开。识字可期天禄阁,吐辞何望广平梅。田园归处松三径,诗赋生涯酒一杯。白水追从频有约,今朝又为扫苍苔"。

1998年9月26日摄

武胜桥

武胜桥在余姚市阳明街道阳明社区的武胜门路北端。单孔石拱桥,南北横跨候青江。现桥为民国二十二年(1933)重建。余姚建城始于东汉建安五年(200),余姚长朱然筑城,周围一里二百五十步。元至正十九年(1359),方国珍扩城,周围扩大至九里,有五个城门,北面有候青门和武胜门。武胜桥在武胜门外,《光绪余姚县志》载:"出武胜门,曰武胜桥,晋高雅之克孙恩於此,故名。"这里曾是古战场,东晋隆安四年(400),宁朔将军高雅之与孙恩战于此,所以取名"武胜"。其实,"武胜"不应该在高雅之名下,当时他是吃了败仗的,战胜孙恩的是镇北将军刘牢之。

联柱石上刻两副桥联。柱中间凸起联板,板平。柱面、板面斫纹均被磨光。上雕灵芝挂座,下饰莲荷板托。联字楷书。阴刻,笔画底部平且浅。一柱石损,一柱风化剥落,共缺五字。

东联:

武功懷舊凱旋□,

勝蹟重新普濟人。

西联:

□□□□常順軌,

東西潮汐永通津。

东联是写此地是古战场得胜之地,如今桥又重建。联中用"武功""胜迹"两词,

显然是为了拆出"武胜"两字成桥名嵌字联。西联是写桥上桥下水陆两路的走向,"东西潮汐"指候青江自西向东流,但受潮汐影响。"普济""顺轨""通津"也多见于桥联。

《余姚古桥》一书中将两联所缺的字分别补为"地"和"南北康庄",其中"康庄"两字仍须推敲。

2015 年 7 月 9 日摄

六浦桥

六浦桥在余姚市阳明街道龙泉社区。单孔石拱桥，东西横跨西港。西港其实就是余姚北城的护城河，南北连通姚江和候青江。《光绪余姚县志》载："出西门百步，曰陆浦桥，桥内有六浦，受大江之水。光绪二十二年修。"余姚北城的西门，在龙泉山之西，原名龙泉门，后改称为迎恩门。桥距西门百步，桥栏北刻"迎恩旧迹"，南栏刻"六浦桥"。

早些年，南桥墙东边的一根联柱石缺失，西边一根的联句前两字石面剥落。北桥墙西边的一根联柱石缺失，只有东边一根联字完整。近年重修时，两根缺失的联柱石用新柱补上，南联上句一柱刻"南入三江思禹迹"。联板凸起柱面，板面平，上饰灵芝挂座。联字正书。阴刻。

南联为：

南入三江思禹蹟，
□□六浦匯龍泉。

下句的"六浦"，既是桥名，也是实指桥内的六浦。"龙泉"是指西门，即龙泉门，并不是指龙泉山。龙泉山在西门之内，西门无水门，北城只有南北才有水门。

北联为：

□□□□□□□，
恩澤遙從北闕來。

下句"北阙"是皇宫的北门楼，也指皇宫的正门。《汉书·高帝纪》记有："二月，

至长安。萧何治未央宫,立东阙、北阙、前殿、武库、大仓。"颜师古注:"未央殿虽南向,而上书、奏事、谒见之徒皆诣北阙。公车司马亦在北焉,是则以北阙为正门。"西汉时期,"北阙上书"是一项人才选拔制度,征召者先通过公车司马上书,阐述自己的政见,然后得到皇帝的召见和任用。所以,联中称皇帝的恩泽出自北阙。六浦桥往西旧有接官亭。从前,到余姚上任的官员都从西门入,京城赐给的恩典圣旨和官员升迁的文书也都要从西门入,故西门称为迎恩门。

《余姚古桥》将"北阙"录为"北网",其意相去甚远。将南联下句补为"迎江六浦汇龙泉",似也不妥。句首的"迎"字,要补也应补在北联上句,可成桥名嵌字联。近年重修时,补上了缺失的两根联柱,南联上句的联字补上了,而北联却只字未补,柱上只雕刻空白联板。可见补桥联难啊!

2010年2月9日摄

景嘉桥

景嘉桥在余姚市阳明街道北郊村的景嘉桥自然村。单孔石拱桥，南北横跨鲍家潭江。拱券采用纵联分节并列法砌置，净跨6米多，全桥工料考究。现桥为清嘉庆三年（1798）重建。景嘉桥原称景家桥，南北所连之路是旧时县城去姚北的几条干道之一。出北城武胜门，至此十里，《光绪余姚县志》载："迤北十里，景家桥，今'家'作'嘉'。景星所宅也。"景星，字德辉，景家桥村人，元明之际的学者，"邃于理学，开门授徒"，弟子多登高第，晚年为仁和县（今杭州）教谕，著述的《四书集说启蒙》被收入《四库全书》。现在的景家桥和景家两个自然村已无景姓村民。桥西三里许有一座熨斗山，是余姚城北众多孤山之一，登桥西望，熨斗山必入眼帘，所以，桥的西额刻"斗山拱秀"，斗山即熨斗山。

联柱石上刻两副桥联。底下两字长期被水浸没，不能见。柱中间凸起联板，板平，石面细。联板之上雕荷叶头，下面应该雕有莲荷座。联字正书。阴刻，笔画底部平且浅。

东联为：

砥柱西東跨鮑水，
接衝南北傍魚山。

"砥柱"，黄河中的砥柱山，用来形容此桥，如通济桥联。"鲍水"即鲍家潭江，就是景嘉桥所跨之江。《光绪余姚县志》载："附子、黄山二湖之水，南流过梁家堰，又南过洪家桥，又南过景家桥，东南流至鲍家潭出史家滩入后清江。"后清江即候青江。附子湖、黄山湖（黄沙湖），是旧时姚北众多湖泊中的两个，今已消失，湖址在现低塘

街道的东南边。桥下鲍家潭江之水西向东流,故称"砥柱西东"。"鱼山",即鲤鱼山,《光绪余姚县志》:"鲤鱼山,在县北五里。"鲤鱼山在景嘉桥的东南,相距二里,是胜归山北面的一座孤山,山形东西纵长如鲤鱼。此联以"鱼山"对"鲍水",用来点明景嘉桥的地理位置。

西联为:

派分舜水流□□,

虹接雲衢利濟□。

上句"舜水",是姚江的别称。下句"云衢"原意是云中的道路,亦指高空。如,唐代耿湋《许下书情寄张韩二舍人》有"故人高步云衢上,肯念前程杳未期"之句。因句首将桥比喻为虹,所以要用"云衢"来连接,这里借指大路。

2017 年 5 月 11 日摄

白云桥

白云桥在余姚市鹿亭乡的中村村。中村是四明山中的一个大村,是古代三县(余姚、鄞县、慈溪)两府(宁波、绍兴)交界之地。桥下是发源于斤岭的鄞江正源晓鹿溪,俗称大溪。这里溪床宽阔,村后磨盘山和溪南牛山的山体伸入溪中,溪床中间形成了一个长潭,叫石门潭,桥跨潭而建。《光绪余姚县志》:"白云桥,在中村,唐贞观间建,下临石门潭,鄞余交界处。"白云桥是宁波最美的单孔石拱桥。它的美,不单单是桥的本身,还在于它与自然的融合、与青山绿水的浑然一体。

白云桥全长 25.30 米,桥孔净跨 12.65 米。现桥为清光绪十六年(1890)重建。全桥用料规整,做工考究,为山区少见。拱脚落在潭边的天然岩基上,平时水面以上的岩基高将近三米,所以,桥就显得格外高峻。南头的桥堍落在溪床上,登桥共有四十八级石阶。桥南头与溪床上一条天然乱石铺筑的低坝相连,低坝上有二十个排成一条斜线的矴步石。汛期洪水漫溪而来,行人可以从矴步踩石涉水,然后登桥过溪。

虽然是山区石拱桥,它的桥墙却是用规整条石顺砌,长系石的端头刻镇水的鳌头。联柱石上镌有两副桥联。柱面凸起联板,刻工细腻,上刻如意云头挂座,下刻托钉两枚。联字正书,阴刻。两副桥联的联意都与界桥有关。

西联是十一言联,联为:

地界鄞餘,二韭三菁歌利濟;

邨連龔鄭,千秋萬載慶安瀾。

这副联对仗工整。上句"地界鄞余",指出此桥位于鄞县与余姚的分界处。但白云桥与一般的界桥不同,一般的界桥都是以水流为界、沟通两岸分属两个区域的桥梁,而白云桥却属中村,桥的两头都是余姚地界,桥的下游,即溪水出潭之后,才属鄞县。下句"村连龚郑",此"村"即中村,中村村民多龚、郑两姓,而且先有龚(唐代),后有郑(宋代)。上句"二韭三菁"的"二韭",又称双韭或大韭、小韭,就是现在分别位于皎口水库南北两侧的大皎村和小皎村,地处此桥之东。"三菁"在此桥之西,是太平山以北诸山的统称,为姚江发源地。所以,姚江又名菁江,因为源出"三菁"。如,明代沈一贯《四明山歌》有"二韭三菁宛可拾,东乌西兔纷来舞"之句。此联除了点明白云桥是界桥外,更强调了它在交通上的作用。

　　东联是九言联,联为:

> 白水跨虹腰,路通南北;
> 雲邨留月影,界畫鄞餘。

　　这副联,同样也是写此桥是界桥。下句的"画"同"划"。"虹腰",高且细,一般形容拱桥,这是对白云桥桥形最为贴切的比喻。上下句的句首"白""云"两字,乍一读,像是为了嵌入桥名硬添上去的,因为"水跨虹腰,路通南北;村留月影,界画鄞余。"这副桥联的联意已经十分清楚。但如果细细嚼读,就能读出此两字的精妙,这分明是一幅令人陶醉的白云桥夜景图:近处,桥下潭中之水,在明月下泛起一片白光,成了"白水";远处,淡霭笼罩的溪边村屋,在月光里若隐若现,又恰如"云村"。如此仙境,怎不令人流连忘返呢?

2018 年 12 月 9 日摄

大方桥

大方桥在余姚市鹿亭乡晓云村的洞桥自然村。此桥位于四明山腹地，在旧时余姚至奉化的干路上，南北横跨晓鹿大溪。单孔石拱桥，净跨 14.60 米，面宽 5.35 米。桥宽拱高，气势雄伟，它是宁波跨径较大的单孔石拱桥之一，仅小于宁海万年桥和海曙横街镇的古洞桥。拱券采用纵联砌法，桥墙也是用规整块石砌筑，这在宁波山区石拱桥中比较少见。过桥向南顺着山沟往上走四里，可到达山上的岩头村。据传此桥是岩头人出资所建。山区建造这等大桥很少，这里的溪床也不深，建一条矼步石就能解决涉溪需要。桥之所以建得这么大，按村中老者说法，岩头村从前有人当官，建大桥是为了锁住大溪的风水，想将风水引至山上。在山区访桥，经常会听到村口建桥是为了关锁风水的说法，但像大方桥这样建桥能将风水引上高山，却是闻所未闻。大方桥初建于清乾隆五十五年（1790），光绪三十一年（1905）重建。

两副桥联，只有南头两根联柱的联字可全见，北头两根联柱因岸路拓宽，被溪岸砌遮，其中西面一根整根砌没只剩长系石的龙首。联柱的石作较为精细。联板凸起，板平。上下雕饰灵芝挂座和灵芝板托。联字正书。阴刻。

东联上句的联柱露出一半，可看至第五字"成"的大半和第六字"叠"的一半。联为：

遙映雙峯成叠□，
横攔大壑作重龍。

"横拦大壑"这四字极有气势，意切此桥。将这四字撰入桥联很少见，恐怕只配这座大方桥了。因为这四个字只能用在山区的大桥上，而山区溪流上的石拱桥采用规整砌置的原本就不多，像大方桥这样再刻上桥联的大桥更是凤毛麟角。

西联为：

大地雙峰環碧水，

□□□□□□□。

《姚江传统建筑》中将下句补成"方桥一调经行□"，除了句首一字可与下句的"大"字合成桥名为嵌字联外，其余联意并不通。

2005年6月12日摄

七星桥

七星桥在慈溪市横河镇，南北架跨东横河。它是一座三孔石拱桥，全长 24.50 米，中孔净跨 6.60 米，拱券采用纵联分节并列砌置。桥墩极薄，桥形高耸，为典型的薄墩联拱桥。现桥为清道光间（1821—1850）重修。

两根长系石龙首下的联柱石，刻有两副桥联。联板顶的挂环挂于如意云头座，联板底下不施托钉，也饰如意云头。柱础浮雕莲花座。联字正书。阴刻。

朝西一联的上句前五字，石皮剥落，只能依靠残留字痕勉强辨识。联为：

七曜横波，南境北镇；

三台锁浪，左川右泉。

读这副联，首先得了解"境""镇""川""泉"四个字的含义，尤其是第一个"境"字，否则难免会误读。其实，这四个字都是地名。横河镇自古以来属于余姚境地，放在最前面的"境"字，是指桥南一里多地的孙家境村。孙家境的孙姓是旧时姚北望族，历代有名仕，声名显赫，民间有"横河孙家境，纱帽八百顶"之谚。传说七星桥就是孙氏于明朝所建，现桥也是孙氏重修。《光绪余姚县志》载："七星桥，道光间，孙式鉴修。"孙家境距离严子陵的故里不远，历代不乏高风亮节之士。如南宋的孙应时，宋淳熙二年（1175）进士，号烛湖先生，丞相权臣史弥远曾是他的弟子，"迨弥远柄国，独超然自远，无所假借，甘沦一倅以终，其人品尤不可及矣"（光绪《余姚县志》）。还有，

明朝的孙燧,明弘治六年(1493)进士,在江西巡抚,他觉察宁王朱宸濠有谋反自立之心,一面加强防备,一面晓以大义,后来在朱宸濠谋反时,因为与其针锋相对而被害。

"北镇",即桥北的市镇。桥下的东横河,东通鸣鹤场,西达余姚城,北连浒山,这里水路交通历来很发达,此桥桥北沿河一带,即为旧时横河市的市街。"川""泉"这里不是指水,而是两个乡名的简称。横河一地,直到1961年才划归慈溪。旧时余姚东北有三乡,即上林、龙泉、梅川乡,七星桥的东与西,大致是龙泉乡与梅川乡的范围,联中的"川"即梅川乡,"泉"就是龙泉乡。联句不用"东""西"对"南""北",而用"左""右"来对,是追求用词变化,不至于太过直白。"七曜",一般是对日、月与金木水火土五星的总称,也有被用于指北斗七星的,在这里应该是指后者。"三台"也是星座,《晋书·天文志上》记有:"三台六星,两两而居,起文昌,列抵太微。一曰天住,三公之位也。在人曰三公,在天曰三台,主开德宜符也。"上句用"七曜",既扣桥名"七星",又可对应下句的"三台"。所以,这是一副交代七星桥地理位置的桥联,如将联字拆开重组成"七曜三台横锁波浪,南境北镇左川右泉",联意就更明了了。

东联为:

明镜高悬,辉腾两夹;

彩虹斜锁,气吐三环。

这副联是对七星桥的桥形描写,横斜桥身若彩虹,三环圆孔如明镜。写五港桥桥联时,说它借用了李白《秋登宣城谢朓北楼》中的比喻手法,这里也同样,其实也是用了名句"两水夹明镜,双桥落彩虹"的比喻修辞,再用上"辉腾""气吐"两词,描述出云气升腾之势,与桥名"七星"更为贴切。

2009年4月26日摄

双邑桥

双邑桥在余姚市牟山镇新东吴村的马家堰。马家堰村中有一条河贯穿南北,河东属余姚,河西属上虞。双邑桥架于村河的中段,因为一桥跨两县而得名。

马家堰位于姚北平原的西部,与上虞接壤。姚北平原在秦以前还是浅海,汉以后,因钱塘江挟带的大量泥沙在杭州湾南岸淤积,逐渐成陆,成陆时,形成了许多潟湖。所以,在余姚西北境,湖山相间,水道纵横,堰桥众多。现今,除牟山湖外,余支湖、汝仇湖、金山湖等历史上曾经存在过的几个大湖,都已消失,只留下了为数不少带堰字的地名,马家堰就是其中之一。不过,马家堰却名副其实,因为古堰至今仍在,就在村北头的关帝殿旁边。

马家堰的东半边,现在只是新东吴村王剡作自然村的一个下属小村,西半边则属于上虞市小越镇的田家村,但两边地名仍都叫马家堰。虽然现在的马家堰显得有点冷清,但在从前,这里相当繁华,隔日有市。两岸有宽阔的市街,沿街商铺林立,它是姚西北的重要农副产品集散地之一。这种景象,从清中后期一直延续到二十世纪的六七十年代,从如今桥西残存的街廊中,还能够想象出这里曾经有过的繁荣。

双邑桥为三孔石梁桥,全长16.34米,桥面颇高。两侧设有六栏八柱,南面中栏外侧刻桥名,北栏刻"彩虹凌虚"额。中间四根方形望柱的柱头,雕有四只神态各异的坐狮。双邑桥原为木桥,现桥建于光绪二十七年(1901)。

两副桥联刻于中间望柱的外侧。宁波现存的三孔石梁桥中,在望柱上刻桥联的,仅此一座。望柱高0.80米,柱边长0.30米,素面。两副均为七言联。字较大,分成两行刻。联字正书。阴刻。

南联为:

三洞流泉影底月,

一声欸乃镜中看。

此联写的是夜景。明月之夜，前来赶早市的农船，正要过桥傍岸。"欸乃"，象声词，指摇橹发出的声音。唐代柳宗元《渔翁》诗："烟销日出不见人，欸乃一声山水绿。"意思是先闻其声而觅其人。这里也一样，先是听到了由远而近的一串摇橹声后，然后才在月色下、在如镜的河面上望见了晃动的船影。月色之下的水面反光发亮，只有在桥洞的阴影中才能看到月亮的倒影，故为"影底月"。

北面一联，上句石面剥落，缺最后两字。但倒数第二字，还存有一小角字痕，似繁体"汉"字右边的"廿"头。联为：

三洞水光遥漢□，

一條虹氣上凌虛。

此联是描写双邑桥的气势，联意即桥额"彩虹凌虚"。"汉"指银河，银河又称银汉。"凌虚"指很高的天空。上一联是写夜景，此联则是写日景。"水光遥接汉，虹气上凌虚"经常出现在诗联中。但也有将"接汉"写成"汉接"的，如，明代黎民怀《白云晚望》："仙山多白云，渺与天汉接。"明代孟洋《过海印寺》："寺里逶迤银汉接，宫前宛转玉河通。"所以，此联"汉"字虽不在句末，仍可以看成是"水光遥接汉，虹气上凌虚"的加字联。

重修此桥时，正是马家埭历史上最繁华的时期，令人诧异的是，桥联对桥跨两县的特殊地理位置和两县共市的繁华场面，竟没有提及。倒是每根边柱上刻着的"禁止桥上不准设摊"八字，似乎在告诉今人，此处曾经有过的繁华，不过，将警示语写成否定之否定句式，让人忍俊不禁。

2009 年 4 月 26 日摄

万安桥

万安桥在余姚市泗门镇，位于镇区望安路和河塍路的交叉口。这两条路原先有一侧为河，万安桥在北河口。桥西几十米处是谢迁故宅。谢迁，字于乔，号木斋。明成化十年（1474）乡试第一，次年又高中状元。弘治中期入阁参政，官至户部尚书谨身殿大学士。历成化、弘治、正德、嘉靖四朝，死后赠太傅，谥文正。人称谢阁老。谢迁致仕后，明嘉靖皇帝曾遣官存问，地方诸官也时至问安，故桥名有万岁问安之意。《光绪余姚县志》有载："（县西北）五十里，近谢文正故宅者，曰万安桥。"民国《余姚六仓志》："万安桥，在谢太傅宅前。明嘉靖初建。世宗即位曰太傅为顾命老臣，累遣官存问，浙省守巡诸官时至问安，因以名桥。"

万安桥为单孔石拱桥，桥体较小，净跨3.20米。如今纵横河道都已成道路，桥虽被勉强保留，但下部已被埋，在十字路口的中央用汉白玉石栏围之。据桥边文保碑介绍，此桥南向靠河口一侧，从前曾有一副桥联，为桥名嵌字联，用的是凫胫格。联为：

片石于东山万古，

前朝问阁老安否？

现桥系清光绪二十二年（1896）重建。南面联柱石一根全埋，一根尚露两个半字。联板之上刻灵芝挂座。联字正书。阴刻。重建后刻的桥联也是桥名嵌字联，用的是鹤顶格。联为：

万人犹识东山里，

安土同墩汝水滨。

两副联中的"东山"是乡名，即旧时余姚城外十五乡之一。现今泗门、临山这一

178

片，都属东山乡。东晋的谢安是我国历史上的名人，辞官之后在东山隐居，后来又出任要职。我国古代战争史上以少胜多的经典战例——"淝水之战"，他是东晋一方的总指挥。后人将"东山再起"比喻为失势后重新恢复地位。谢迁则是致仕后复出，他在正德朝受到宦官刘瑾陷害致仕还乡，十八年后，七十九岁高龄的他复出入阁参政。谢安死后赠太傅，葬于东山。谢迁也是死后赠太傅称号，葬于东山。一为上虞上浦之东山，一为余姚临山之东山，两山相距不足百里。故谢氏宗祠有联称："古今三太傅（另一位是宋太傅谢深甫），吴越两东山。"当然，这是另话。"汝水"是汝仇湖，汝仇湖又称汝湖、汝水。姚北平原在秦朝以前还是浅海，汉朝以后，随着钱塘江上游冲下来的泥沙逐渐在杭州湾南岸淤积而成陆。成陆过程中形成了众多潟湖，面积较大的有烛溪湖、牟山湖、汝仇湖、余支湖、黄山湖等。汝仇湖在古代泗门的西南，面积近十万亩，至清康熙以后，因垦湖为田而逐渐消失。泗门的地名就源自汝仇湖，古时汝仇湖的东面置有四个放水的水门，而现在的泗门镇位置即第四个水门处，故称泗门。从前泗门的地名就叫"第四门"，《光绪余姚县志》中载为"第四门市"。

2010 年 2 月 17 日摄

太平桥

太平桥在慈溪市周巷镇新缪路村，村民称之为太婆桥。周巷自古属余姚，1954年划归慈溪。新缪路村在潮塘江以南，由缪路村、东缪路村、西缪路村三村合并。缪路村居中，缪路港在缪路村西，隔河是西缪路。太平桥为单孔石梁桥，东西横跨缪路港。因年代久远，始建年代已无考，《光绪余姚县志》仅录桥名："开原桥、太婆桥、义元桥、顺风桥、便农桥，以上桥跨缪路港。"现桥建于清道光十七年（1837）。

此桥的桥联刻在望柱上。四根望柱置于栏板和抱鼓石之间。望柱方形圆头，柱高0.83米，柱身细，面宽仅为0.22米。在如此细长的望柱上刻桥联，宁波现仅此一座。柱面不饰联板，联字直接刻于其上。两副均为五言联。字正书。阴刻。从字与柱宽的比例来看，字并不算小，但是因为柱石原本石面就粗糙，再加上风化，北联有几字始终看不清，而且，南面有一柱早些年脱落于河中，近年河磡整砌时才被捞起，所以，之前联意不明。

北联为：

故址傅坤德，

新功协里仁。

太平桥栏板上的桥额南北不同，南面刻"太平桥"，北面刻"太婆古迹"，所以村民一直沿称其为太婆桥。但是，对于为什么叫它为太婆桥，说法不一。传播最广泛的一种是，当年新桥建成，还未举行通桥仪式，也就是"行头桥"，刚好有一顶抬着新娘子的轿子想从这里经过，建桥的石匠不让过，说是想行头桥总得有个说法，因为石匠知道是轿夫自己想"行头桥"。轿夫回答说，轿内坐的是太婆，俗话说"廿年媳妇廿年婆，再过廿年做太婆"。石匠听了，想想也有点道理，只能让轿子过去，从此，太婆桥的桥名也就被叫开来。但是，读桥联，似乎并不是这么回事，桥联的意思应该是当年

由一位老妇出资或首倡建造此桥,为了纪念她才称太婆桥。上句"坤德",指女德。《周易·系辞上》中有:"乾道成男,坤道成女。"后用为女性或女方的代称。"故址",即原桥。于桥有德行的,当然是建桥了,可见当初桥是由一位妇女所建。下句"里仁",见《论语·里仁》:"子曰:里仁为美。""里"是住处,"仁"是仁德,"里仁"意为居住在有仁德的处所。"新功"指桥重新建造;"协"是协同、协助。所以,此联意为:在原址上协力建成新桥,是为了继承当初(太婆)建桥的仁德,使其能世世代代流传下去。

南联为:

孝義流風遠,

開元慶澤長。

联中的"孝义""开元"是两个乡名。宋、元、明直至清光绪末,余姚城外有十五个乡,孝义,开元是其中两乡,两乡分界就在这里。在太平桥北面一百多米处,还有一座名为"义元"的古桥,就是各取乡名一字为桥名。对于两个乡名的来历,《光绪余姚县志》只记载:"孝义、开

2019年8月17日摄

元见于《楼攻媿集》,而莫详其义。"《攻媿集》是宋代大学士、鄞县人楼钥的文集,可见其乡名历史悠久,早在宋代已"莫详其义"了。上句的"流风",如前面卧床桥联,是指前代流传下来的好风尚,这里应该也指造桥,指仁德之风尚。孝义乡的周巷,明洪武十四年(1381)时,地名就叫"仁风里"。下句的"庆泽",词意是皇帝的恩泽。"皇帝的恩泽"怎么会被写进桥联,难道此桥跟皇帝有关?当然不是,联中的乡名是一词两用,上句的"孝义"既是乡名,又可以用作"流风"。下句的"开元"是乡名,同样也可以按词意来解,即"开始新的纪元",譬如新皇登位的改元,当然是希望纪元越长越好了。所以,此联由造桥仁德"流风"起,涉及两个乡名,再用"开元"的词意"庆泽"来对"流风"。"流风远""庆泽长"岂不是天下太平?!紧扣桥名。桥联虽短,却是一副难得的好联。

我辨桥联

　　访桥，一定会关注桥联。品读桥联，首先得辨联字，联字不辨或辨错，联意也就无法理解了。

　　桥联不好辨，虽然桥联的字要比桥梁碑刻的字大得多，但是桥联不能近前细看。遇到石面风化、柱石碎裂或树藤遮挡、石灰抹封等情况，都属正常。有些联字还会被河水浸没，往往不是一次就能辨识清楚的。

　　辨桥联除了实地肉眼直观，用得最多的办法当然是拍照。自从有了数码相机，事情就变得简单多了，直观看不清，但相机能看清。不过，如果河阔距离远或者字小字底浅，用长焦正常拍摄还是不管用的，还得采用短焦近距离拍。所以，会用独脚杆倒提着相机的办法，以遥控模式近距离拍摄。如果是体量较大的桥，联柱石较长，独脚杆够不着，再用可伸缩的钓鱼竿绑扎接长。将相机慢慢放下至水面接近联脚的位置，先试拍一张，提上来看看焦距是否合适，字有没有被整个拍进。调整好焦距再将相机放下，然后，自下往上提，拍一张提起一截。用此法拍的联字结合长焦所拍，在电脑中逐一放大辨识，基本就管用了。偶尔有个别字不清的，也只是有针对性地补一下课而已。

　　与拍照比起来，还是拍照之前的清理工作比较困难，特别是清理单孔石梁桥上抹封的石灰。因为承梁石的端头伸出遮挡雨水，抹在联板挂座和最上面联字的石灰会结得比较牢固，要费点力。还有一些下部的联字，因为水垢积得厚而不易辨识，这就比较容易，在钓鱼竿端部扎上一把长柄板刷，蘸些河水刷几下就行。

　　当然，不是每座联字难辨的桥都能用上面这种拍照办法，如大涵山桥。大涵山桥的桥联在中孔壁墩的柱石上，上下联句相对而立藏于桥孔中。虽然两头桥台都设有纤道，但墩石上部光线暗淡，下部石色青绿黝黑，再加上原本刻写笔画就浅，直观难辨。前面提到的遥控倒拍的办法也用不上，因为相机放不下去。唯一的办法是找条船划到近前辨看，可是现在河道上基本没有船只来往，找船难。一次前去，看见桥北不远处的几间孤屋边上停泊着一条小船，想借来用用。但见铁门紧锁，等候多时不见主人来。后有路过者告诉我，船主人是承包河道养鱼的，一般都是天未亮早起干活，干完活即回家，平时很难碰上，除非到村子里他家中找去,听后只好作罢。这以后,每次来这附近,都会去碰碰运气。有一次,也真的碰上了,主人坐于傍岸小船中,正在整理网具。我走进院去说明来意,他未拒我,只说要待他干完活才行。我就等着,坐在岸边足足等了一个多小时。他看我如此有诚意,干完活后不但载我划至桥孔,还嘱我慢慢来不性急。我于是将桥联和纪年题刻逐字辨清。

如今,采用倒提独脚杆遥控拍摄的方法肯定是老套了,装备一架无人机就能解决问题,省时又省力。不过,无人机也有解决不了的问题,比如水下。

慈溪的仁美桥是灵湖边的一座溪桥,溪水流入灵湖。后来灵湖湖堤加高成了水库,溪水不再入湖。溪流反向改道,桥下成了河的末端,水位抬高。桥联底下两字长期被水浸没,不可见。问清情况后,等到第二年的三伏天,带上替换的衣裤前去。向村民借来梯子,下得溪中,在齐胸高的水中用手将桥联底下两字辨摸清楚。鄞州的西梁桥也如是,桥联底下两字被水浸没。第一次看到此情后,待到第二次去时,向村民借得梯子入水摸字。梯子靠着桥墙放入河中,踩梯在梯子上弯身倒着摸字,无果。村民热心,告诉我自从甬新河拓浚、河口建闸后,此处水位有难得下降的时候,叫我留下手机号,河水少时好通知我。两个月后,台风登陆前夕,村民来电,说是为防台,甬新河提前开闸泄水,联字只剩底下一字不能见,若待到明日雨后,恐怕又要浸没。时近傍晚,当即前去,村民已为我备好连靴雨裤。下河,分别从两岸扶攀至桥台的联柱边,站立于河底,用手指按着字口慢慢挪移,一下就摸清了。水下摸过联字的桥,不止这两座,还有如景嘉桥、横经桥等。想当年建桥时,既然刻上桥联,联字是一定能看全的,这些都是因为水利建设引起水位变化才浸没的。

另外,手机也是个好东西。余姚的福泉桥在姚江边上,因为早年抽水用的灌溉石渠砌于靠江一侧的桥墙旁边,联句下面几个字一直不能见。这么多年过去了,石渠早已废弃,至今不见拆除。所以,每次路过,只要时间允许,总会到桥边去弯一下。跳入石渠,将石渠与桥墙之间缝隙中的小石块和泥土扒出一点。几次扒下来,已能看见倒数第二字了,像是"地"字。于是,在台风来袭之前,一直盯着网上宁波水文站的水位信息变化,等到姚江大闸将水泄至水位 0.90 米时,再次前去。又挖出半个字之后,再也够不着,挖不下去了。缝隙深且窄,打着手电看,笔画重叠在一起,始终辨不出来是什么字。这时,手机就派上用场了。用自拍杆将手机伸至最底下,机背贴着另一侧,稍稍变着角度多按几下,将半个字拍得。原来是个"脉"字(未写成"脈"),正合联意。用手机拍桥联用字的情况,还有如大方桥,联字被乱石砌遮,但没有用水泥勾缝,也是用手机伸入石缝拍。一般只要能拍到半个,即便是小半个,也于辨字大有帮助。

总之,辨联字说难也不难,无非是用心用时而已。

2020 年 6 月 25 日

2011年1月3日摄